당신이 내 이름을 불러준 순간

당신이
내 이름을
불러준 순간

내 마음의 빛을 찾아주는 인생의 문장들

전승환 지음

다산
초당

우리에게 우리가 필요한 이유

살다 보면 외로운 순간이 참 많은 것 같습니다. 누군가 일부러 외롭게 만드는 것도 아닌데, 세상은 알아서 잘만 굴러가고 있는데, 그저 나 혼자 동 떨어진 기분에 잠 못 드는 날이 있죠. 친구나 연인과 함께 있다가도 혼자가 되는 순간엔 불쑥 더 외로움에 사무치기도 합니다. 대체 왜 이런 기분이 드는 걸까요?

그건 우리가 혼자 살 수 없는 존재이기 때문일 겁니다. 물론 누군가는 이렇게 말할 수도 있습니다. "아뇨. 전

혼자가 더 좋아요. 책도 읽고 음악도 듣고 영화도 보고 얼마든지 잘 지낼 수 있는 걸요." 저 역시 그런 시간을 좋아합니다. 하지만 그 시간이 괴로운 고립이 되지 않으려면, 우리에게 꼭 필요한 것이 하나 있습니다.

그건 바로 누군가 내 편이 있다는 느낌입니다. 혼자 있을 때는 산더미처럼 불어났던 불행과 걱정도, 친구나 연인과 수다를 떨다 보면 아무것도 아닌 게 되어버린 경험이 누구나 있을 겁니다. 해결하기 힘들 것 같던 문제의 해결책을 너무 쉽게 찾기도 하죠. 인간은 결코 '개인'으로 존재하지 않습니다. 다른 이들과의 수많은 관계 속에서, 즉 '우리'로서 이 세상을 살아갑니다. 사람에게 사람이, 우리에게 우리가 필요한 이유입니다.

'책 읽어주는 남자' 채널과 전작 『내가 원하는 것을 나도 모를 때』를 통해 많은 분이 '외로움'이라는 주제에 깊이 공감하고 뜨겁게 반응해 주셨습니다. 앞서 언급한 이유도 있을 테고, 2년 가까이 지속된 팬데믹 사태로 서로 만나기 어려워진 현실적 이유도 있을 것 같습니다. 어떤 이유에서든, 우리에게는 관계의 온기가 필요합니다.

저는 오랫동안 '내 마음을 알아주는 한 문장의 힘'을

강조해왔습니다. 하지만 이제 거기에 한 마디를 더 보태고 싶습니다. 우리에겐 바로 그 한 문장을 함께 나눌 수 있는 사람이 필요하다고, 이 책의 제목처럼 서로 이름을 불러주고 서로의 의미가 되어줄 사람이 곁에 있어야 한다고 말이지요.

전작이 '나'에 초점을 맞춰 감정, 시간, 관계, 세계를 다루었다면, 이 책 『당신이 내 이름을 불러준 순간』에서는 '관계'에 초점을 맞추었습니다. 나 자신과의 관계, 나와 타인과의 관계, 나와 세상과의 관계에 관한 다양한 문장을 소개하려고 합니다.

또한 이번에는 전작에서 미처 다루지 못한 문학과 철학, 심리학 분야의 문장들뿐 아니라 예술 작품도 다루었습니다. 예술 작품은 문장과는 또 다른 에너지를 가지고 있어서, 새로운 세상을 경험하는 기쁨을 선사합니다. 말로 설명하기 어려운 강렬한 힘으로 우리에게 영향을 주죠. 어쩌면 언젠가는 '인생의 작품들'을 따로 소개할 수 있는 날이 올지도 모르겠습니다.

이 책에서 소개하는 문장과 예술 작품을 통해, 여러분

이 보다 다정한 관계를 맺고 자신의 삶을 단단하게 만들어갈 방법을 찾길 바랍니다. 관계 안에서 상처 받고, 고민하고, 성장하는 과정에서 힘이 되어줄 문장과 작품을 찾게 되길 바랍니다. 만약 그런 문장이나 작품을 단 하나라도 만난다면, 저는 더 이상 바랄 게 없습니다.

당신이 따뜻한 사람이 되면 좋겠습니다.
자기 자신을 포근하게 안아주고,
다른 이들의 이름을 다정하게 불러주며,
외로움을 이겨낼 한 줄기 빛을 간직하길 바랍니다.
비록 그것이 아주 작은 불빛에 불과하다 할지라도,
이 거칠고 외로운 인생이라는 바다에서는
서로가 서로를 알아볼 수 있는
더없이 찬란한 빛이 되어줄 테니까요.

차례

1부

잊지 말아요, 당신은 특별한 존재라는 걸
_나를 사랑하는 법

4부

우리들의 따뜻한 날을 위해

_함께 성장하는 시간

1부

잇지 말아요,
당신은 특별한 존재라는 걸

─ 나를 사랑하는 법

세상에서 가장
특별한 사람

우리는 모두 자기 자신이면서 둘도 없이 특별한 존재다. 세
계의 모든 일은 그 안에서 오직 한 번씩만 교차해 일어나기 때
문이다. 그래서 한 사람 한 사람의 이야기가 매우 소중하고 가
치 있는 것이다.

헤르만 헤세의 『데미안』은 오랫동안 많은 사람에게
사랑받은 소설입니다. 방황하는 소년 싱클레어가 영혼의
멘토 데미안을 만나 성장하는 과정을 그리고 있죠. 싱클
레어가 스스로 원하는 삶의 방향을 찾도록 돕는 데미안은

작품 후반부에서 이런 말을 남깁니다. "항상 너의 내면에 귀를 기울여. 내가 그 안에 있단 걸 알게 될 거야."

많은 사람이 나답게 살라고 말합니다. 또 자기 자신을 사랑해야 한다고 말합니다. 드라마나 영화에서도, 『데미안』을 비롯한 동서고금 수많은 베스트셀러도 한결같이 그렇게 말하죠. 저 역시 그런 이야기를 많이 해왔습니다. "행복하기 위해 가장 필요한 게 뭘까요?", "작가님 인생에서 가장 중요한 일은 무엇인가요?"라는 질문을 받을 때면, 늘 이렇게 대답했죠. 바로 나 자신, 그리고 내가 나를 사랑하는 일이 가장 중요하다고 말입니다.

당연히 내가 날 가장 사랑해줘야 하는 게 맞습니다. 자기 자신도 사랑할 수 없다면, 다른 사람 역시 제대로 사랑할 수 없을 테니까요. 그런데 그게 어디 쉽나요. 거울 속 나를 천천히 들여다봐도, 다른 사람의 시선을 곱씹어봐도, 자꾸 단점만 크게 보이는 건 왜일까요.

저 역시 위대한 작가들의 글을 보면 스스로 작게 느껴지기도 하고, 주변 사람들의 성공한 삶을 보며 나는 왜 그렇게 살지 못할까 괴로워질 때가 있습니다. 세상에서 가장 중요한 게 나라고 사람들에게 말하면서도, 정작 저조차 쉽게 흔들린 거죠. 이런 제게 2020 도쿄 올림픽의 한 장면은 꽤 충격적이었습니다.

"제가 몇 등을 했지요? 그냥 끝까지 해내서 기쁜 거지 몇 등인지는 잘 모르겠어요."

여자 근대5종 종목에 대한민국 대표로 출전한 김세희 선수는 마지막 경기를 마치고 이렇게 말했습니다. 땀으로 범벅이 된 얼굴로, 모든 것을 후회 없이 쏟아냈다는 표정으로 말이죠. 근대5종 경기는 고대 올림픽의 5종 경기를 계승한 것으로, 원래 우리나라에서는 인기 종목이 아니었습니다. 저 역시 인기 종목인 야구나 100미터 달리기 같은 것에만 관심이 있었는데, 우연히 펜싱 경기를 보다가 김세희 선수의 장갑에 쓰인 '지금 이 순간은 절대 돌아오지 않는다'라는 문구를 보고 저도 모르게 감정이입을 하고 집중하기 시작했죠.

펜싱, 수영, 승마, 레이저 런(육상+사격)… 하나만 해도 힘든 경기를 연달아 치러야 했지만 김세희, 김선우 선수는 세계 선수들과 경쟁하면서도 끝까지 집중력을 잃지 않았습니다. 마지막 종목 직전에는 김세희 선수가 전체 2위, 김선우 선수가 전체 9위로 매우 높은 순위를 차지하고 있었죠. 내심 메달도 기대되는 상황이었습니다.

하지만 두 선수의 최종 순위는 11위와 17위로, 아쉽게도 메달은 따지 못했습니다. 하지만 대한민국 선수 중 역대 최고 순위를 차지했고, 경기 내용 역시 세계와 경쟁할 수 있다는 자신감을 얻을 만했습니다. 경기 후 소감을 묻는 기자들에게 김세희 선수는 이렇게 답했습니다. "아쉬움이 없을 수는 없죠. 하지만 처음 출전하는 큰 경기에서 모든 걸 쏟아부었다는 것만으로 스스로를 칭찬해 주고 싶어요."

굉장한 긴장감이 감도는 올림픽 대회. 비인기 종목의 설움과 코앞에서 메달을 놓쳤다는 아쉬움에도 긍정 에너지를 마음껏 발산하며 경기를 즐기는 선수들을 보며, 문득 제 모습을 돌아보게 되었습니다. 항상 결과에 만족하지 못하고 남과 비교하며 속상해하는 모습 말입니다.

김세희 선수도 분명 메달 욕심이 있었을 테고, 아쉬움도 있었을 겁니다. 하지만 다른 선수와 자신을 비교하고 결과에 슬퍼하는 대신, 내면에서 우러나오는 기쁨과 행복을 있는 그대로 즐겼던 것입니다. 결과에 연연하지 않고 활짝 웃는 그의 모습을 보며, 저는 행복의 첫걸음이 멀리 있지 않다는 생각을 했습니다. 그저 '지금 이 순간' 최선을 다하면서, 자신을 있는 그대로 인정하고 사랑할 때 가능하겠다는 생각이 들었죠.

대인 관계 분야에서 최고 권위자로 불리는 의사 미즈시마 히로코는 저서 『자기긍정감을 회복하는 시간』에서 이렇게 말합니다.

> 자기긍정감이란 우수한 자신을 내세우는 것이 아니다. 있는 그대로의 자신을 인정하고 긍정적으로 생각하는 마음이다. 자기긍정감은 구체적으로 인지할 수 있는 무언가가 아니다. 기분 좋게 몸을 감싸주는 따뜻한 공기처럼 자신을 따뜻한 분위기로 감싸주는 감각이다. 평소에는 그 존재를 의식하지 못하는 경우가 많다. 마치 공기 같은 존재이기 때문이다.
>
> 공기는 너무 당연하게 느껴지는 것이어서 대부분 그 은혜를 느끼지 못하고 살아간다. 하지만 공기가 부족해지면 그 존재가 생명을 좌우할 정도로 중요하다는 사실을 깨닫는다. 자기긍정감도 그런 느낌이다. 자기긍정감은 부정적인 사고에 얽매이지 않고 따뜻한 인생을 살아가기 위한 공기 같은 것이다.

스스로 믿고 사랑하는 마음, 즉 자기긍정감이 공기와 같다는 표현이 왜 이리 큰 힘이 되던지요. 있는 그대로의 나 자신을 인정하고 긍정적으로 바라보는 마음, 김세희 선수처럼 최선을 다하되 지금 이대로도 충분하고 대단하다고 스스로에게 말할 수 있는 여유가 자기긍정감을 만드는 핵심이었던 거죠. 비록 지금은 잠시 잊고 있더라도, 늘 우리 곁에 있는 그 존재를 언제든 깨달을 수 있다고, 우리 모두 원래부터 스스로를 사랑할 수 있는 존재라고 어깨를 토닥여주는 것 같았습니다.

우리는 보통 나와 같은 또래의 사람이 무언가 큰 성취를 이루었을 때, 나는 그동안 뭐 했나 싶은 생각을 하거나 아무것도 이룬 게 없다는 생각에 좌절감과 열등감을 느낍니다. 하지만 절대 그럴 필요가 없습니다. 그것은 나 스스로를 미워하고 학대하는 것과 같아요.

사회로 나가면 언제든 대체로 내가 처한 상황은 불리합니다. 나를 칭찬하는 사람들보다 나를 폄하하는 사람들이 많고 나를 치켜세우려는 사람보다 깎아내리려는 사람이 더 많죠. 그런데 이런 환경 속에서 나마저 나를 미워한다면 더 이상 누가 날 사랑하겠습니까.

나마저 자기 자신을 힘들게 하지는 말아야 합니다. 내 나이 또래의 사람이 무언가를 이뤘지만 나는 아직 눈에 띄게 이룬 것이 없다면 그와 내가 걷는 걸음이 다르기 때문이지 그 이상도 이하도 아닙니다. 나와 그가 가는 길이 다를 뿐이죠. 나는 내 길을 가야 하고 이때 중요한 것은 어제의 자기 자신으로부터 나아가는 것입니다.

동아시아 최초의 바티칸 변호사, 한동일 교수의 『라틴어 수업』에 나오는 글귀입니다. "나마저 나를 미워한다면 더 이상 누가 날 사랑하겠습니까"라는 문장을 처음 봤을 때의 벅찬 감동이 아직도 생생합니다. 서로 비교하며 열등감을 느끼기 쉬운 세상이지만, 그것이 내 삶을 잠식하도록 방치해서는 안 되죠. 남의 걸음을 억지로 쫓아갈 필요는 없습니다. 나를 깎아내리는 사람들에게 상처받을 필요도 없습니다. 그런 사람은 어디에나 있을 수 있다는 걸 받아들일 필요가 있어요.

그런데 사회생활을 하다 보면, 부정적인 영향을 주는 사람들을 완벽하게 피할 순 없더군요. 언젠가 제가 좋아하는 선배 하나가 이런 말을 해준 적이 있습니다. "앞으로 시기와 질투를 받을 일이 분명 생길 거야. 널 일부러 깎아내리고 끌어내리려고도 할 수 있어. 처음엔 상처받겠지만, 그 사람들이 대체 왜 그러는지부터 생각해 봐. 그럼 오히려 그걸 즐기게 될 거야."

이 몇 마디 말이 10년 넘는 회사 생활을 지지해 준 버팀목 중 하나였습니다. 조금 건방질 수도 있지만, '다 내가 잘나서 일어나는 일'이라고 생각하니 무슨 일을 겪어도 왠지 마음이 가벼워지고 위안이 되더군요. 이런 말을 해주는 사람이 곁에 있어 참 다행이라는 생각도 들었습니다.

세상에서 나를 가장 사랑해 줄 수 있는 사람은 바로 나 자신입니다. 그리고 나를 사랑하는 건 스스로를 응원하고 믿어주는 데서 시작하죠. 어떤 상황에서도 결과에 상관없이, 지금 너무 잘하고 있다고 자신을 끊임없이 응원해주는 겁니다. 특별한 말이 아니어도 됩니다. 가장 흔한 말이지만 정작 자신에겐 제대로 건네지 못한 말, "고마워", "괜찮아", "오늘도 수고했어"처럼 평범한 위로와 감사의 말이면 충분합니다.

우리는 모두 지금의 나라는 존재만으로 사랑받을 가치가 있습니다. 살아 숨 쉬고, 세상을 느끼며, 누군가와 관계를 맺고, 무언가를 꿈꾸고, 하루하루 성취해 나가는 그

경이로운 일을 바로 '내'가 해내고 있으니까요. 그런 소중한 존재를 남과 비교하며 깎아내리지 마세요. 그저 어제보다 나은 오늘을 만들고, 오늘보다 나은 내일을 살아가며, 계속해서 그 삶을 응원해 주세요.

당신은 세상에서 가장 특별한 존재,
사랑받을 가치가 있는 사람입니다.
지금도, 그리고 앞으로도.

당신이 내 이름을
불러준 순간

평소에는 평화롭다고 생각했는데, 그것이 왠지 차갑게 느껴진다. 사람이 그리운 느낌. 참 성가신 기분이다. 외로움이란 이런 걸까.

요즘 들어 부쩍 그리운 것들이 많아졌습니다. 환하게 웃으며 이야기 나누는 이들로 가득하던 카페, 늦은 밤까지 시끌벅적하던 도시의 온기, 좋아하는 이들과 언제든 자유롭게 만날 수 있던 시절, 이 모든 것들이 그립습니다. 누군가는 이 그리움과 고독감이 '코로나 블루' 때문이라고 하고, 누군가는 나이가 들어 마음 줄 곳이 줄었기 때문이라고 합니다. 물론 혼자만의 평화로운 시간이 즐거울 때도 있습니다. 하지만 그 시간이 길어질수록, 우리는 결국 타인의 온기를 바라게 됩니다. 글의 첫머리에 인용한 시즈쿠이 슈스케의 소설 『클로즈드 노트』 속 문장처럼 말이지요.

'사람은 사회적 존재다', '우리는 서로 더불어 살아야 한다'라는 말들이 때론 고루하게 느껴지기도 했지만, 지금 같은 상황이 되니 절실히 깨닫게 됩니다. 아무리 혼자 보내는 시간이 좋더라도 다른 사람의 손길이, 목소리가, 웃음소리가 어쩔 수 없이 그리워지는 게 인간이라는 것을요.

여러분은 사랑하는 이의 이름을 얼마나 자주 부르시나요? 사람들과 만나지 못하는 시간이 길어질수록 이름을 다정하게 부르거나 불리는 일이 적어진다는 건 슬픈 일입니다. 사실 일상에서 우리가 서로의 이름을 부를 일은 의외로 많지 않습니다. 대신 우리는 서로를 '○○ 엄마', '○○ 아빠', '○○ 대리', '○○ 팀장' 등 다양한 호칭으로 부르지요.

사실 호칭에는 신비한 기능이 있습니다. '아빠', '엄마'로 불리면 어느새 듬직한 부모 역할을 하게 되고, '선배'라고 불리면 어느새 선배 역할을 하게 됩니다. 물론 각자 역할을 해내는 모습은 때로 멋지게 보일 때도 있지만, 필연적으로 호칭은 누군가의 기대와 역할에 맞게 살게끔 만듭니다. 그래서 가끔은 그 책임이 너무 무겁게 느껴지기도 하고, 호칭으로만 불리는 삶은 온전히 '나를 위한 삶'과는 거리가 멀게 느껴질 때가 있지요.

"아이고, 인생이 왜 이리 허무한지 모르겠다."

수십 년 동안 '승환 엄마'로만 불렸던 제 어머니도 종종 이렇게 말씀하십니다. 그러실 때마다, 저는 어머니의 이름을 다정하게 불러드리곤 하죠. 적절히 장난기도 섞어가면서요. 역할로만 불리다 보면, 정작 내 이름은 잊고 사는 날이 많습니다. 그럴수록 '나는 누구지?' 하는 정체성의 혼란을 겪을 수밖에 없고, 때때로 삶이 슬프게 느껴지는 것이지요.

내가 그의 이름을 불러주기 전에는

그는 다만

하나의 몸짓에 지나지 않았다.

내가 그의 이름을 불러주었을 때,

그는 나에게로 와서

꽃이 되었다.

내가 그의 이름을 불러준 것처럼

나의 이 빛깔과 향기에 알맞은

누가 나의 이름을 불러다오.

그에게로 가서 나도

그의 꽃이 되고 싶다.

우리들은 모두

무엇이 되고 싶다.

너는 나에게 나는 너에게

잊혀지지 않는 하나의 눈짓이 되고 싶다

　　누구나 한 번쯤은 들어보았을 시, 김춘수 시인의 「꽃」
입니다. 너무나 유명하지만, 또 그만큼 의미 있고 감동적
인 작품입니다. 이상하게 나이가 들수록 더욱 마음에 와
닿는 작품이기도 한데요. 특히 그저 그런 '하나의 몸짓'을
'꽃'으로 만들어준 것이 '이름을 불러주었'기 때문이라는
시인의 표현은 우리에게 의미 있는 메시지를 던집니다.

우린 다양한 역할과 모습으로 여러 사람들과 어우러져 살아갑니다. 하지만 중요한 건 관계를 맺는 사람의 수가 아니라, 내 본모습을 오롯이 이해해 주고 아껴주는 상대의 존재입니다. 그런 사람이 단 한 명이라도 있을 때, 우리는 자신에게 '꽃'과 같은 아름다운 본모습이 있다는 걸 잊지 않을 수 있기 때문입니다.

우리의 이름을 다정하게 불러주는 건 우리가 사랑하는 이들입니다. 서로의 이름을 불러줌으로써 우리는 서로를 사랑스러운 존재로 만들어주죠. 있는 그대로의 '나'를 사랑해 주는 목소리들을 통해, 그 다정함을 통해 우리는 비로소 살아갈 힘을 얻곤 합니다.

언젠가 회사에서 자살 방지 교육을 들은 적이 있습니다. 처음엔 마지못해 듣다가 꽤 큰 충격을 받은 부분이 있습니다. 스스로 목숨을 끊는 사람은 대부분 징조를 남긴다고 합니다. '힘들다', '죽고 싶다', '외롭다' 등의 표현으로 자기 상태를 주변에 알리는 거죠. 그런데도 사람들이 그 말을 흘려들을 때, 사람은 고립감을 느끼고 극단적인 선택을 할 수 있다고 합니다.

이 사실에 충격을 받은 저는 그 후에 종종 자살과 관

련된 글을 찾아 읽게 되었는데, 특히 박주영 부장판사의 판결문을 읽고 정말 많은 생각을 했습니다. 한 자살방조미수 사건을 다룬 판결문으로, 전문이 정말 마음 깊이 남겨둬야 할 명문입니다. 그중에서도 특히 마지막 문장이 가장 깊이 와닿았습니다.

> 사람이 사람에게 할 수 있는 가장 잔인한 일은, 혼잣말하도록 내버려 두는 것이다.

이 판결문을 읽고, 어쩌면 누군가에게 욕을 하고 상처를 주는 일보다 그 사람이 혼잣말만 하도록, 즉 계속 고립된 상태에 있도록 방치하는 게 더 나쁠지 모른다는 생각을 하게 됐습니다. 사람은 때때로 혼자가 되기를 바라기도 합니다. 하지만 그 선택이 자발적인 것이 아니라 사회와 주변 사람들의 무관심 때문이라면, 그 고독은 좋은 것일 수 없습니다. '나는 혼자여도 괜찮다'는 자기 위안은 최소한의 사회적, 심리적 관계가 바탕이 되었을 때에야 가능하기 때문입니다.

잠시 외롭고 힘들더라도 언젠가는 나를 불러줄 누군가가 있을 것이라는, 내가 부르면 와줄 누군가가 있을 것이라는 안도감을 느낄 때, 우리는 능동적인 고독을 선택할 수 있습니다. 그런 것이 아니라면 우리는 각자 혼잣말하지 않도록, 심한 고독감에 파묻히지 않도록, 서로의 이름을 계속해서 다정하게 불러줘야만 합니다. 이름 세 글자를 불러주는 것만으로도 우리는 인생에서 길을 잃지 않을 수 있으며, 절망 속에서도 다시 앞으로 걸어갈 용기를 얻을 수 있기 때문입니다.

세상에서 제일 슬픈 일 중에 하나가 사랑하는 사람의 이름을 불러도 대답이 없을 때야. 맛있는 것도 사주고, 경치 좋은 곳도 구경시켜 주고 싶은데 그 사람이 이 세상에 없을 때란 말이야.

오늘이 그 사람을 사랑할 수 있는 마지막 날일 수도 있고 오늘이 사랑을 받는 마지막 날일 수도 있어. 그러니 이 핑계 저 핑계 대면서 사랑 표현을 내일로 미루지 마.

내일은 상상 속에만 있는 거야. 아무도 내일을 살아본 사람은 없어. 세월이 가도 매일 오늘만 사는 거야. 사랑도 오늘뿐이지 내일 할 수 있는 사랑은 없어.

30년간 사형수들과 상담하면서 수많은 이에게 깨달음을 전해주었던 양순자 작가의 에세이 『인생 9단』에 나오는 글입니다. 이 문장을 읽고 난 뒤, 저는 사랑하는 이의 이름을 부르는 것이 얼마나 애틋하고 중요한 일인지 더욱 절실히 깨닫게 되었습니다. 내가 사랑하는 사람의 이름을 불렀는데, 그 대답을 두 번 다시 들을 수 없다면 어떨까요? 어떤 기분일지 상상도 하고 싶지 않습니다. 그렇기에 저자는 이 핑계 저 핑계 대면서 사랑 표현을 내일로 미루지 말자고 말합니다. '말 안 해도 알겠지', '쑥스럽게 굳이 말로 해야 해?', '나중에 하자'라고 표현을 아껴왔다면, 오늘 하루만이라도 적극적으로 표현해 보세요. 언젠가 이 순간을 후회할지도 모르니까요.

결국, 우리는 이름으로 불려야 합니다. 그저 딱딱한 호칭이 아니라 다정하게 불리는 이름으로 말이죠. 사랑하는 이가 내 이름을 불러주는 순간, 나는 비로소 살아 있는 존재가 됩니다. 누군가가 부르는 소리에 돌아보며 웃음 짓고 이야기 나눌 때, 바로 그런 생기 있는 관계 속에서 비로소 인간은 아름다운 한 송이 꽃으로 살아갈 수 있기 때문입니다.

우리 이름을 어머니가 사랑스럽게 불러주던 순간, 아버지가 자랑스럽게 불러주던 순간, 연인이나 친구가 다정하게 불러주던 그 모든 순간이 지금의 우리를 다정한 사람으로 만듭니다. 사랑받고 사랑하는 소중한 존재라는 사실을 일깨워줍니다. 그렇기에 오늘도, 내일도, 서로의 이름을 다정하게 불러주고 불리길 바랍니다.

다정하게 이름을 불러주는
사람이 있다는 것만으로도,
우리는 충분히 잘 살아왔습니다.
다정하게 이름을 부를
사람이 있다는 것만으로도,
우리는 더욱 행복해질 수 있습니다.

그러니 당신의 이름을
다정하게 불러드리고 싶습니다.
어떤 어려움 속에서도 좌절하지 않고, 길을 잃지 않고,
앞으로 씩씩하게 나아갈 수 있기를 바라며.

내 마음에
솔직해지기로 해요

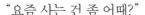

"요즘 사는 건 좀 어때?"

"뭐, 괜찮아. 일도 꽤 잘되고, 가족들도 건강하고…"

"음. 정말 괜찮아? 일이나 가족 말고, 너는? 네 마음은 좀 어때?"

예전에 친구와 안부를 묻다가 문득 말문이 막힌 적이 있습니다. 생각해 보니 삶의 중심이 온통 일 아니면 가족에만 맞춰져 있고, 정작 내 마음이 어떤지는 살펴본 적이 없었던 거죠. 누군가가 안부를 물을 때마다 형식적으로

"괜찮다"라고 대답했지만, 정작 내 마음속에서 우러나온 진심은 아니었던 것입니다.

> 우리는 살면서 우리 자신의 인생 이야기를 얼마나 자주 할까. 그러면서 얼마나 가감하고, 윤색하고, 교묘히 가지를 쳐내는 걸까. 그러나 살아온 날이 길어질수록, 우리의 이야기에 제동을 걸고, 우리의 삶이 실제 우리가 산 삶과는 다르며, 다만 이제까지 우리 스스로에게 들려준 이야기에 지나지 않는다는 사실을 깨닫도록 우리에게 반기를 드는 사람도 적어진다. 타인에게 얘기했다고 해도 결국은 주로 우리 자신에게 얘기한 것에 불과하다는 사실을.

줄리언 반스의 소설 『예감은 틀리지 않는다』에 나오는 문장입니다. 앞서 이야기한 것처럼, 정신없이 바쁘게 살다 보면 정작 자기 삶에는 소홀해져서 '내 마음'과 제대로 대화해 본 적이 있었나 되돌아보는 순간이 찾아옵니다. 어떤 회사에 다니고 어떤 일을 하는지, 누군가의 배우자나 부모로서가 아닌 내 삶, 내 마음은 어떤지 묻는 질문에 혼란을 느끼는 거죠. 저 역시도 안부를 묻는 친구의 질문에 계속 "괜찮다"라고 대답해 왔지만, 줄리언 반스의 말처럼 실제 삶과 마음은 달랐던 겁니다.

우리는 스스로에게 가장 솔직해야 합니다. 자신에게 진실된 삶을 살지 않으면, 겉으로는 아무리 만족스러워 보여도 불행할 수밖에 없으니까요. 나의 진짜 삶이 어떤지는, 나 자신이 가장 잘 알고 있습니다. 다만 그러기 위해서는 자신과 진솔한 대화를 나누어야 합니다. 자신에 대해서도 "가감하고 윤색하고 교묘히 가지를 쳐내"며, 그저 다른 사람이 보기에 괜찮은 것처럼 꾸며대는 일은, 오히려 스스로를 불행하게 만듭니다. 저는 그렇게 자신을 불행하게 만든 사람을 한 명 알고 있습니다.

아침에 잠이 깨어 일어난 저는 원래대로 경박하고 가식적인 익살꾼이 되어 있었습니다. 겁쟁이는 행복마저도 두려워하는 법입니다. 솜방망이에도 상처를 입는 것입니다. 행복에 상처를 입는 일도 있는 겁니다. 저는 상처 입기 전에 얼른 이대로 헤어지고 싶어 안달하며 에의 익살로 연막을 쳤습니다.

바로 다자이 오사무의 『인간 실격』의 주인공 요조입니다. 작가는 주인공에 본인을 투영했는데, 실제로 그는 우울증으로 다섯 번이나 자살을 시도하고, 결국 서른아홉이라는 젊은 나이에 생을 마감합니다. 개인적으로 아주 좋아하는 소설은 아니지만, 가끔 찾아 읽는 건 부정적인 감정에 빠졌을 때 오히려 도움이 되기 때문입니다. 슬플 때 슬픈 노래로 위안을 받는 것처럼, 우울과 슬픔을 마주하면 오히려 내 감정에 솔직해지면서 기분이 나아집니다.

요조는 왜 불행할까요? 정말 타고난 운명이 불행할 수밖에 없었던 걸까요? 개인적으로는 자기 자신에게 솔직하지 못한 탓이라고 생각합니다. 내 마음을 직시하는 게 두려워서 다른 사람에게 그걸 꺼내 보이지 못하고, 스스로를 거짓 모습으로 꾸몄기 때문이죠. 결국 그런 식으로 자신을 꾸며내면 죄책감만 키우게 됩니다.

물론 약간의 과장이나 치장까지 전혀 필요 없다고 말하는 건 아닙니다. 사람은 누구나 다른 사람에게 자신을 꾸미기 마련이고, 저 역시 마찬가지입니다. 작가로 활동하며 어느 정도 치장과 겸손도 덧붙이거든요. 이런 것까지 전부 나쁘다고 말하는 게 아닙니다. 다만 스스로 너무 부끄럽거나 힘들지 않을 만큼, 타인과 자기 자신에게 솔직할 필요가 있다는 거지요.

우리는 결국 일정 부분 만들어진 모습을 다른 사람들

에게 보일 수밖에 없습니다. 외출할 때 벌거벗지 않고 옷을 입는 일과 비슷하다고 할까요? 하지만 집에 돌아오면, 가장 편한 옷으로 갈아입을 필요가 있습니다. 집에서도 남에게 보이기 위한 불편한 옷을 입고 살아간다면, 내 삶은 휴식처를 잃어버린 채 빈껍데기만 남을 테니까요.

마지막으로, 자기 자신에게 좀 더 진실할 수 있는 방법을 알고 싶은 분에게 이기철 시인의 「벚꽃 그늘에 앉아보렴」이라는 시를 선물하고 싶습니다.

벚꽃 그늘 아래 잠시

생애를 벗어 놓아보렴

입던 옷 신던 신발 벗어놓고

누구의 아비 누구의 남편도 벗어놓고

햇살처럼 쨍쨍한 맨몸으로 앉아보렴

직업도 이름도 벗어놓고

본적도 주소도 벗어놓고

구름처럼 하이얗게 벚꽃 그늘에 앉아보렴

그러면 늘 무겁고 불편한 오늘과

저당 잡힌 내일이

새의 날개처럼 가벼워지는 것을

알게 될 것이다

벚꽃 그늘 아래 한 며칠

두근거리는 생애를 벗어 놓아보렴

그리움도 서러움도 벗어놓고

사랑도 미움도 벗어놓고

바람처럼 잘 씻긴 알몸으로 앉아보렴

더 걸어야 닿는 집도

더 부서져야 완성되는 하루도

동전처럼 초조한 생각도

늘 가볍기만 한 적금통장도 벗어놓고

벚꽃 그늘처럼 청청하게 앉아보렴

그러면 용서할 것도 용서받을 것도 없는

우리 삶

벌떼 잉잉거리는 벚꽃처럼

넉넉하고 싱싱해짐을 알 것이다

그대, 흐린 삶이 노래처럼 즐거워지길 원하거든

이미 벚꽃 스친 바람이 노래가 된

벚꽃 그늘로 오렴

우리에게
결핍이 없다면

인생은 카드 게임과 같아 많은 부분이 운에 의해 결정된다. 우리는 많은 것에 대해 부모를 원망한다. 낮은 자존감, 애정결핍, 양파를 좋아하는 식성 등 시시콜콜한 모든 것에 대해. 그러나 결국 어느 날 부모님 역시 인간임을 깨닫고 아무리 떼를 써도 부모를 바꿀 수는 없음을 알게 되겠지만 말이다.

부모는 우리를 위해 최선을 다하신 분들이다. 부모님이 우리에게 갖는 무한한 낙관주의를 우리는 우리의 아이들에게 갖게 된다. 운이 좋다면 같은 실수를 하지 않을지도 모른다. 그럼에도 어머니와 똑같은 행동이나 말을 하는 자기 자신을 깨닫는 순간은 반드시 찾아온다. 실로 우리 자신에 대해 겸손해지는 순간이 아닐 수 없다.

누구나 살면서 결핍을 느끼는 순간이 있습니다. 자신의 환경을 탓할 수도 있고, 삶에 영향을 끼친 사람이나 자기 재능에 불만을 가질 수도 있죠. 누군가는 가족에게 무조건적 사랑을 받으면 이런 결핍이 없을 거라고 말하기도 하지만, 사실 맞는 말인지는 잘 모르겠습니다. 부모님의 한없는 사랑을 받은 저도 다양한 결핍을 느껴왔으니까요.

멜리사 헬스턴의 『워너비 오드리』에는 위와 같은 문장이 나옵니다. 배우 오드리 헵번의 생애와 그의 박애주의적 가치관이 담긴 말들을 엮은 책이죠. 가족에 대한 이야기도 많이 나오는데, 공감이 가는 문장이 많습니다.

오드리 헵번의 말처럼, 우리는 모두 비슷하게 부족한 인간임을 깨달아야 하지 않을까요. 부모님도 그저 평범한 인간이며, 어쩔 수 없이 결핍이 있는 인간이라는 걸 알아야 하는 거죠. 중요한 건 그 결핍과 한계 안에서도 자신이 할 수 있는 최선을 다했다는 점입니다.

특히 우리도 어른이 되어가고, 또 자식이라도 낳게 되면 분명히 겸손해지는 순간이 찾아옵니다. '난 저렇게 살지 않을 거야'라고 선언해도 어쩔 수 없이 같은 실수를 하게 되는 자신을 보게 되지요.

꼭 부모님과의 관계에서뿐 아니라 소모적인 '남 탓'을 하지 않을 때, 우리는 진짜 성숙한 삶을 살 수 있습니다. 한계를 겸허히 받아들이고 앞으로 나아갈 길을 생각할 때, 내 발걸음에 힘이 생기죠. 이건 남이 해줄 수 있는 일도 아니고요.

그런데 이런 사실을 깨닫지 못한 채, 자신의 결핍을 핑계로 타인을 수단으로 여기는 사람도 있습니다. 당신을 만나면 행복하다. 나도 당신이라 기쁘다. 그러니 서로에게 힘이 되어주자. 이렇게 서로 결핍을 채워주는 관계라면 너무 좋습니다. 하지만 일방적인 관계, 즉 한쪽이 상대를 착취하는 관계라면 상황은 달라집니다. 서로 감정을 보듬어 주는 게 아니라, 일방적 희생을 강요한다면 그런 관계는 지속되기도 어렵고 지속되어서도 안 되겠죠.

상대의 마음은 안중에 없고, 내 감정만 앞세운 관계는 결국 누구에게도 도움이 되지 않고 상처만 남기지 않을까요. 이러한 관계에선 아름다운 신뢰나 교감 같은 것들은 등한시됩니다. 상대가 그저 내가 필요할 때 쓰고 버리는 도구가 되는 것이죠. 관계에 진정성과 배려가 없으면, 결국 또 다른 결핍만 생기기 마련입니다. 결핍을 채우려는 목적만 있는 관계를 많이 맺는다고 해서, 그 결핍에서 진정 벗어날 수 있을까요? 그렇지 않을 겁니다. 결코 채워지지 않는 공허감과 외로움이 더욱 크게 밀려들겠죠.

그럼 결핍에서 벗어나려면 대체 어떻게 해야 할까요. 마음을 충만하게 채우는 방법을 스스로 찾아야 합니다. 그저 타인의 애정만으로 마음의 구멍을 채우려 한다면, 앞서 말한 도구적 관계로 전락합니다. 그런 식으로 누군가에게 나를 제발 사랑해 달라고 아무리 외쳐도, 마음은 깨진 그릇처럼 채워지지 않습니다. 처음에는 애정을 기울이던 상대도 결국 지쳐서 외면할 수밖에 없습니다. 결핍을 채우기 위해선 먼저 스스로를 충분히 아끼고 사랑하는 과정이 필요합니다.

김윤나 작가는 『당신을 믿어요』에서 그 방법을 이렇게 설명합니다.

나와 당신의 결핍이 누군가를 이기거나 복수하거나 증명하기 위해서만 사용되지 않기를 바란다. 가장 먼저 당신을 살피

41

고 꽃피우는 데 쓰였으면 좋겠다. 부모를 만족시키거나, 친구를 넘어서거나, 떠나간 애인에게 보여주기 위해서 살지 말고 당신의 이름을 위해 살자.

그리고 할 수 있다면, 전혀 이익이 남지 않는 일임에도 불구하고 타인에게 관심을 보이고 돕는 일에도 참여했으면 좋겠다. 당신의 눈물을 닦았던 두 손으로, 다른 사람을 안아줄 수 있었으면 한다. 열등감의 지옥에서 벗어나 더 넓은 세상에서 우리가 만날 수 있기를 진심으로 기도한다.

저는 이 책을 보고 참 많은 생각이 들었습니다. 나를 살피고 꽃피우는 데 결핍이 사용되어야 한다는 것, 바로 그럴 때 결핍은 오히려 나를 채우는 양분이 되고 나를 사랑하는 방법이 될 수 있다는 걸 깨달았죠. 나의 이름을 위해 살자는 말, 특히 "타인에게 관심을 보이고 돕는 일에도 참여"하라는 말에 큰 감동을 받았습니다.

어릴 때, 어머니 손에 이끌려 성당의 봉사활동에 참여한 적이 있었습니다. 솔직히 처음엔 약간 귀찮은 마음도 있었습니다. 하고 싶은 일만 하기도 바쁘다고 생각했으니까요. 그런데 봉사가 다 끝난 후의 느낌이 아직도 생생합니다. '누군가에게 내가 힘이 되는구나'라는 생각이 얼마나 마음을 충만하게 하는지 그때 처음 느꼈던 겁니다. 그래서 지금도 힘이 닿는 선에서 기부와 봉사활동을 하려고 노력합니다.

꼭 이런 활동이 아니어도, 일상 속에서 다른 사람에게 호의를 건네는 방법은 다양합니다. 이때 중요한 건 '진심'입니다. 누군가에게 인정받기 위해서가 아니라 진심으로 타인에게 애정을 갖는 것이지요.

이런 말들이 어렵게 느껴진다면, 그냥 사람들에게 평소보다 다정하게 아침 인사를 해주거나 누군가에게 진심으로 축하 인사를 건네 보세요. 그저 작은 인사 한마디를 건넸을 뿐인데, 이상하게도 마음이 점점 채워지는 기분이 들 겁니다.

어쩌면 결핍이 있기에 우리는 서로에게 다가가고, 또 사랑할 수 있는 건지도 모르겠습니다. 우리의 이 서툴고 여린 결핍이 애정과 온기를 끌어당기는 희망이 될 수 있다는 걸 잊지 말았으면 좋겠습니다.

어둠의 의미

한없이 우울한 날. 기운이 나지 않고 지금 내가 뭘 하고 있는지 의미도 찾을 수 없는 날. 이상하게도 이런 날들은 어른이 된 뒤에도 종종 찾아옵니다. 주위 친구들도 다르지 않더군요. 만나서 이야기를 해보면 다들 이런 감정을 조금씩 겪고 있다고 털어놓곤 합니다.

그럴 때 저는 책을 펼쳐 위로가 되는 문장을 찾습니다. 마음을 진정시키기 위해 글을 쓰기도 하죠. 저만의 방법이긴 하지만, 아름다운 글을 접할 때 잠시나마 마음이 따뜻해지곤 합니다. 물론 짧은 글 하나로 세상이 바뀌거나 인생이 바뀌진 않을 테지만, 제가 찾아서 소개하는 작은 문장들이 누군가에겐 작지만 밝게 빛나는 별처럼 느껴지고 위로와 용기가 되기를 바랍니다.

> 항상 반대되는 것이 필요합니다. 어둠과 빛, 빛과 어둠. 그림에는 이 둘이 있어야만 하죠. 빛에다 빛을 더해도 아무 의미가 없습니다. 어둠에 어둠을 더해도 마찬가지죠. 우리 인생도 마찬가지입니다. 가끔씩 슬픔이 있어야 행복이 찾아올 때, 그걸 느낄 수 있죠.

혹시 붓질 몇 번으로 아름다운 풍경을 만들어내던 '밥 아저씨', 밥 로스를 기억하시나요? 「그림 그리기의 즐거움」이라는 TV 프로그램에서 "참 쉽죠?"라는 말로 시청자에게 유쾌한 박탈감을 선사한 미국의 화가입니다. 늘 밝은 표정과 따스한 말투로 그림을 가르쳐주던 그는 아내와 사별한 뒤 복귀한 방송에서 위와 같은 말을 남겼습니다.

인생을 그림의 빛과 어둠으로 표현한 그의 고찰이 저는 무척 인상 깊었습니다. 이처럼 누구나 다 빛과 어둠을 가지고 있지만, 어둠에만 집중하는 사람은 인생이 늘 어두웠다고만 생각할 테죠. 빛도 있었다는 건 모른 채로요.

설령 힘들고 불행한 일이 많았다 해도 가끔은 환하게 웃는 순간도 있었을 것이고, 작은 성취와 행복이 분명 있었을 겁니다. 크고 작은 도움의 손길이 당신을 지금 그 자리까지 이끌었을 것이고요. 그렇게 빛과 어둠이 조화를 이룬 자신만의 삶의 그림을 그렸을 테죠.

인생에는 분명 도움이 되는 어둠도 있습니다. 실제로 '예전의 시련 덕분에 더 발전할 수 있었다'라는 말을 하는 분들이 많습니다. 우리가 너무도 잘 아는 화가 빈센트 반 고흐 역시 그 대표격이라 할 수 있지요.

고흐는 오늘날 가장 위대한 화가로 손꼽히고 있지만, 그의 작품을 탄생시킨 동력은 고단하고 기구한 삶이었습니다. 그가 동생 테오와 주고받은 편지를 담은 『반 고흐, 영혼의 편지』에는, 화가를 위대하게 만든 동시에 피폐하게 만든 삶의 양면성을 느끼게 하는 문장이 많습니다.

내가 표현하고 싶은 것은 감상적이고 우울한 것이 아니라 뿌리 깊은 고뇌다. 내 그림을 본 사람들이 이 화가는 정말 격렬하게 고뇌하고 있다고 말할 정도의 경지에 이르고 싶다.

어쩌면 내 그림의 거친 특성 때문에 더 절실하게 감정을 전달할 수 있을지도 모른다. 나의 모든 것을 바쳐서 그런 경지에

오르고 싶다.

고흐는 평생 무명 화가로 떠돌며 힘들게 살았습니다. 사랑에도 실패했고, 결국 젊은 나이에 자살로 생을 마감했죠. 그의 생애에는 행복한 순간보다 고통스러운 순간이 더 많았습니다. 하지만 역설적으로 그런 뿌리 깊은 절망과 고뇌가 담긴 작품들은 시대를 초월해 오늘날 우리에게도 깊은 영감을 주고 있죠.

특히 제게 깊은 삶의 고뇌를 느끼게 해준 작품이 있습니다. 제목은 〈영원의 문〉입니다. 고흐가 생레미에 머물던 시절에 그린 것으로, 당시 이웃 주민들은 그를 미친 사람으로 취급했다고 합니다. 심지어 그를 정신병원에 보내야 한다며 경찰에 청원까지 했죠. 그 뒤 여러 사정이 있었지만, 고흐는 결국 정신병원에 입원합니다.

이 작품은 그가 자살하기 불과 몇 달 전에 완성한 것으로도 유명한데요. 모델이 따로 있는 작품이지만, 대개 반 고흐 자신을 투영한 것이라고 해석합니다.

잠시 집중해서 다음 페이지의 그림을 천천히 살펴보시길 바랍니다. 사람들의 손가락질을 받으면서도 화가로

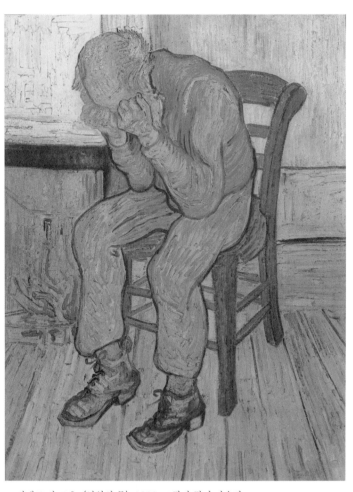

빈센트 반 고흐, 〈영원의 문〉, 1890, 크뢸러 뮐러 미술관

서의 열망을 잃지 않았던 예술가의 고뇌가 느껴지시나요?

삶이 힘들고 지칠 때, 고흐의 작품을 보면 왠지 위로를 받습니다. 우울하고 슬픈 작품도 있지만, 밝고 희망찬 작품도 많습니다. 오늘날 우리는 깊은 밤에도 밝게 빛나는 별, 평생 시들지 않는 해바라기를 그의 작품에서 볼 수 있습니다.

고흐가 고난 속에서 얻은 건 절망만이 아니었습니다. 누구보다 치열한 삶을 견뎌낸 끝에 무엇보다 밝게 빛나는 희망의 작품도 얻었지요. 오늘날 우리 역시 그만큼은 아닐지라도 각자 아픔과 고뇌를 짊어지고 살아갑니다. 개인의 아픔을 타인이 어떻게 완벽히 이해할 수 있겠습니까. 완벽한 이해가 불가능하니, 완벽한 위로도 어려울 겁니다. 하지만 우리에게는 매일 오늘 치의 위로가 필요합니다. 그리고 그것을 양분 삼아, 삶이라는 작품을 만들어야 하죠.

운명은 우리 인생의 일부이고, 고통도 마찬가지입니다. 인생에 의미가 있다면 고통에도 의미가 있습니다. 불가피한 고통이 눈앞에 있을 때 고통은 선택에 따라 의미 있는 것이 될 수 있습니다.

빅터 프랭클의『그럼에도 삶에 '예'라고 답할 때』에 나오는 문장입니다. 로고테라피의 창시자이자 제2차 세계대전 당시 유대인 수용소에서 벌어진 대학살의 생존자이기도 하죠. 상상하기 어려울 정도의 고난과 죽음, 질병, 혹독한 운명을 겪었음에도, 그는 자기 삶이 행복하고 의미 있었냐는 질문에 '예'라고 답합니다.

인생에 고통이 없다면 얼마나 좋을까요? 하지만 그런 인생을 사는 사람은 단 한 명도 없습니다. 비록 우리는 고통을 완벽하게 피할 수는 없지만, 거기서 의미를 찾을 수는 있습니다. 고통을 삶의 일부로 기꺼이 받아들이고 밥로스, 고흐, 빅터 프랭클이 그랬던 것처럼 그것을 삶의 동력으로 삼을 수 있다면, 우리는 좀 더 단단하게 인생이라는 파도를 헤쳐 나갈 수 있을 것입니다.

삶의
균형을 찾는 법

하루 일과를 끝낸 후, 혼자만의 시간을 어떻게 보내시나요. 충분히 휴식을 취하면서 알찬 시간을 보내고 계시는지요. 사회 초년생 시절의 저는 그러지 못했던 것 같습니다. 습관처럼 핸드폰을 만지작거리거나, 내일이 오는 게 두려워 늦은 밤까지 잠들지 못하곤 했습니다. 그러다 기절하듯 잠이 들고 아침이 되면 다시 쳇바퀴 돌듯 집과 회사를 오가곤 했죠. 그렇게 몇 년의 시간을 무의미하게 보냈던 것 같습니다. 아마 많은 분이 공감하실 것 같아요.

뭘 해도 무기력하고 삶의 균형을 잃은 것처럼 느껴지

던 어느 날, 누군가 일단 뭐라도 다른 걸 해보라고 조언해 주더군요. 그 말에 시작했던 일들이 제 삶에 균형을 찾아 줬고, 지금까지도 큰 영향을 미치고 있습니다.

시작은 아주 사소했습니다. 매일 밤 11시가 되면, 저는 서재로 가서 좋아하는 책을 읽고 거기에 담긴 좋은 문장들을 SNS에 하나둘 소개했습니다. 매일 한두 시간 책을 읽고 글을 쓰는 그 습관이 무기력한 일상을 행복감과 충만감으로 채워주었죠. 처음에는 지친 와중에 애써 다른 뭔가를 한다는 게 쉽지 않았지만, 바쁜 나날 속에서도 온전히 나만을 위한 시간을 낸다는 것만으로도 자연스레 삶의 균형이 맞춰지더군요.

벌써 10년이라는 시간 동안 거의 매일 나만의 시간을 즐기고 있는데요. 물론 저는 제게 딱 맞는 습관들을 찾은 것이고, 그게 다른 누군가에게는 뜨개질이 될 수도 있고, 퍼즐을 맞추거나 그림을 그리는 시간이 될 수도 있겠죠. 조금이라도 생산적인 즐거움을 느낄 수 있는 시간이면 됩니다. 이런 제 일상과 마음을 무엇보다도 잘 표현해 준 문장이 있습니다.

마침내! 혼자가 되었군! 이제 늦게 돌아가는 지쳐빠진 몇 대의 승합 마차 굴러가는 소리밖에 들리지 않는다. 몇 시간 동안 휴식까지는 아니라도 우린 고요를 갖게 되리라. 마침내! 인간의 얼굴의 횡포는 사라지고, 이제 나를 괴롭히는 건 나 자신뿐이리라. 마침내! 그러니까 이제 나는 어둠의 늪 속에서 휴식할 수 있게 되었다! 먼저 자물쇠를 이중으로 잠그자. 이렇게 자물쇠를 잠가두면, 나의 고독은 더욱 깊어가고, 지금 나를 외부로부터 격리시키는 바리케이드가 더욱 단단해지는 것 같다.

프랑스의 시인 샤를 피에르 보들레르의 산문시집 『파리의 우울』의 일부입니다. 외롭고 쓸쓸한 도시인의 우울한 정서가 담긴 작품인데, 신기하게도 저는 그 우울함에 도리어 위로를 받았습니다. 혼자가 된 그 시간에야 비로소 진정한 휴식을 취할 수 있다는 말에도 깊게 공감했죠. 제 마음을 정확히 표현해 준 이 문장을 읽으며, 마치 위대한 작가와 하나가 된 듯한 기분을 느끼기도 했습니다. 밤의 정적과 고독을 의미 있게 활용하는 법을 알려준 이 글을 꼭 소개하고 싶었습니다.

은은하게 조명을 켜거나 음악을 틀어놓고 가만히 귀

기울여도 좋습니다. 저처럼 편한 의자에 누워 책을 읽어도 좋고, 잠깐 눈을 감고 명상을 해도 좋습니다. 낮에 받았던 스트레스나 신경 써야 하는 여러 일을 잠시 내려두고, 휴식다운 휴식을 취하는 겁니다. 이를 명상이라고 부를 수도 있겠네요. 중요한 건 때때로 혼자 있는 시간을 통해 내 감정을 돌볼 필요가 있다는 거죠. 이런 시간에는 전경린 작가의 『검은 설탕이 녹는 동안』이라는 소설 속 문장이 의미를 더해줄 것 같습니다.

오랫동안 모든 것에 대해 지나치게 예민했었다. 이젠 삶에 대해 좀 덤덤해지고 싶다. 새로운 것과 사라지는 것 사이에서 잠시 머무는 것들 그것에 다정해지고 싶다. 민감하기보다는 사려 깊게, 좀 더 특별하고도 편안하게 그래서 내면의 미소를 잃지 않는 균형 감각과 타자의 가치에 휘둘리지 않는 해방된 힘을 갖고 싶다.

저는 이 글에서 '덤덤'과 '다정'이 연이어 나오는 것에 주목했습니다. 때론 삶에 좀 무심해져야, 즉 여유가 생겨야 비로소 다정해질 수 있지 않을까요. 다정함은 억지로 애쓸 때 나오는 감정이 아니라는 걸 새삼 깨닫게 됩니다.

내가 내 삶의 균형을 찾을 때, 비로소 다정하고 사려 깊고 편안해질 수 있으니까요.

외부의 많은 자극으로 누구나 예민해질 수밖에 없는 시대를 사는 우리에게 꼭 필요한 위로가 아닌가 싶어요. 자극을 전부 없앨 순 없겠지만, 내면에 단단한 균형 감각을 가지면 쉽게 휘둘리지 않을 수 있습니다.

그런데 종종 어떤 분들은 혼자만의 시간을 갖는 일을 어렵게 느끼기도 합니다. 좀 더 의미 있고 생산적인 일을 해야 할 것 같아 부담스럽다는 거죠. 그런 분들에게 이 문장이 조금이나마 용기를 주었으면 합니다.

> 우리는 활동의 수만큼이나 많은 자아상을 갖고 있으며 항상 그 모든 행동을 통해 '나'가 존재한다. 우리는 우리 자신을 받아들일 수도 있고 거부할 수도 있다. 언제나 내 뒤를 따라다니는 친숙한 그림자이자 내 행복이나 나름의 뛰어난 부분에 대한 가치 평가가 나 자신과 한데 묶여서는 안 된다. 나는 존재한다. 나는 인간이다. 이것이 나에게 필요한 모든 조건이다.

존재한다는 것, 지금 내가 숨을 쉬고 이 땅을 딛고 서 있는 자체로 모든 조건이 충족되었다고 말해주는 사람, 심리학자 웨인 다이어는 『행복한 이기주의자』를 통해 가장 심플하지만 강력한 위로를 전합니다. 우리는 존재하는 것, 그 자체로 충분하다고 말이지요.

삶의 균형이란 별 게 아닙니다. 어린 시절을 한번 떠올려보세요. 아무 걱정 없이 뛰어놀았던 그 시절, 나란 존재에 대해, 혹은 미래에 대해 심각하게 고민했었나요? 아닐 겁니다. 그저 매 순간을 즐겼을 테죠. 살아 있다는 자체로 충만하던 시절이 누구에게나 있었던 겁니다. 이미 존재한다는 것만으로 삶의 모든 조건을 갖췄다고 생각하면 마음이 편해지지 않나요?

있는 그대로 충분히 괜찮은 당신입니다.
있는 그대로 소중한 당신입니다.
그것을 알고 있는 것만으로도
우리는 얼마든지 삶의 균형을 찾을 수 있습니다.

내 속엔
내가 너무도 많아

'부캐'라는 표현을 아시나요? 모두 한 번쯤 들어보셨을 겁니다. 원래는 온라인 게임을 할 때 쓰는 '주캐릭터'가 아닌 다른 '부캐릭터'를 가리키는 말인데요. 요즘은 다양한 자아로 사는 인생을 가리킬 때 쓰입니다. 과거에는 오락가락하는 복잡한 내면을 부정적으로 바라봤는데, 요즘은 내적으로도 외적으로도 다양한 캐릭터를 갖는 걸 긍정적으로 바라보는 것 같습니다.

이런 부캐 열풍은 심리학 용어로 '멀티 페르소나'라고도 부를 수 있습니다. 여기서 '페르소나'란 고대 그리스에서 배우들이 쓰던 가면을 뜻합니다. 상황에 따라 가면을 바꿔 쓰듯 정체성을 자유자재로 바꾸는 것을 멀티 페르소나라고 부르는 거죠. 개인이 빠르게 변하는 시대에 적응하는 방법이기도 합니다. 과거에는 진득하고 끈기 있는 유형이 인정받았다면, 지금은 때와 장소에 따라 다양한 모습을 보여주며 금세 적응하는 사람이 능력자로 인정받기 때문입니다.

사실 저도 따지자면 멀티 페르소나를 지닌 사람입니다. 작가이자 회사원, 그리고 문장을 나누고 책을 기획하는 '책 읽어주는 남자'의 편집장으로 살아가고 있으니까요. 회사원으로서 매너리즘에 빠지지 않고 '사이드 프로젝트'로 좋아하는 일을 찾기 위해 책 속 좋은 문장들을 읽고 나누기 시작했죠. 그 일로 인해 작가도 되었고, 제 장점을 다양하게 활용할 수 있는 여러 부캐를 찾은 겁니다.

지금은 '평생직장'이라는 개념도 사라진 시대이기에 자기 자신을 위한, 나만이 할 수 있는 무언가를 찾는 일은 매우 중요하다고 생각합니다.

페르소나는 개인의 의식과 사회 간의 복잡한 관계 시스템으로, 개인이 사회에 자리잡고 확실한 인상을 갖도록 도와주는 역할을 한다.

심리학자 카를 융 또한 이렇게 말했습니다. 다양한 부캐는 적절한 사회성을 길러 자존감과 자신감을 높이는 데 도움이 된다는 뜻으로 해석됩니다. 살다 보면 관심사와 지향점이 다른 여러 그룹이나 조직에 속하게 되는데요. 이런 곳에서 적응하고 원활한 소통을 하기 위해서는 당연히 여러 관심사와 취미를 갖는 게 도움이 되겠죠. 이런 점을 긍정적으로 받아들이면 삶이 더 충만해질지도 모릅니다.

그런데 때때로 나의 부캐 중에는 내 마음에 쏙 들지 않는 캐릭터도 있습니다. 그럴 땐 다사카 히로시의 『사람은 누구나 다중인격』의 다음 문장을 잠깐 살펴보시면 좋겠습니다.

오랜 세월 자라온 환경, 만나온 사람들, 주어진 경험으로 형성되어 지금의 인격을 가지게 된 만큼 이미 단단하게 굳어져서 간단히 바꿀 수 없을 거예요. 현재의 인격을 바꾸려고 하지 말고 자신 안에 새로운 인격을 기르면 됩니다. 인격은 새로 자랍니다. 화를 잘 내는 인격은 완전히 사라져버리지 않습니다. 그래서 이 화를 잘 내는 인격을 그대로 두고 자기 안에 새롭게 관용적인 인격을 길러야 합니다.

다양한 업무와 생활 속 장면에서 이 관용적 인격을 표출하는 연습을 해나가는 겁니다. 이렇게 수업을 반복하면 신기하게도 조금씩 관용적 인격이 자라나고 적절한 타이밍에 관용적인 인격이 표출되는 경험을 할 수 있습니다.

누구나 자기가 싫어하는 모습을 가지고 있습니다. 학습된 것이든, 선천적으로 타고난 성격이든, 나의 모든 모습을 완벽하게 사랑할 수는 없죠. 저 또한 종종 까칠한 모습이 나올 때가 있고, 급한 마음에 화를 벌컥 낼 때도 있습니다. 작가는 이런 인격을 완전히 없앨 순 없으니 잘 타이르면서 다른 좋은 인격을 키우는 과정이 필요하다고 이야기합니다. 새로운 환경에 나를 던져보는 것도 큰 도움이 될 수 있겠죠.

제가 아는 한 50대 여성분은 직장에서 은퇴 후 가죽 공예를 배우더니 공방까지 여셨는데요. 회사 직원들이나 자녀들에겐 무척 엄격하고 무서운 호랑이 같았는데, 공방에서는 아주 다정하고 유쾌한 선생님이 되었다고 합니다. 갑자기 성격이 바뀐 게 아니라 진짜 하고 싶은 일을 찾으면서 새로운 인격이 길러진 게 아닐까요. 재미있게도 자식들 앞에선 여전히 호랑이라고 하시더라고요.

내 모습이 단 하나일 필요는 없습니다. 우리가 다양한 관계 속에서, 그리고 새로운 환경 속에서 다양한 인격체, 즉 부캐를 만들며 살아가는 일은 자연스럽고 당연합니다. 중요한 건 건강하고 다채로운 자아를 만들어가는 것일 테죠. 내 안의 부캐를 사랑해 주세요. 내 속에 내가 너무 많다는 건, 그만큼 여러 가지 모습으로 사랑해 줄 다양한 가능성이 있다는 것일 테니까요.

나만의 속도로
살아가는 법

요즘 세상은 너무 바쁘고 빠르게 흘러가는 것 같습니다. 거리에 울려 퍼지는 노래는 한 달도 채 못 되어 바뀌고, 유행어 역시 그 의미를 다 익히기도 전에 또 다른 것이 생겨납니다. 다들 새로운 것에 중독되어, 더 빨리 더 많이 가져야 한다고 생각하나 봅니다.

모두가 이런 세상의 속도에 맞추지 않으면 안 되는 걸까요? 다들 뛰고 있는데, 혼자 주저 앉아 '아무것도 하지 않는' 사람은 정말 뒤처진 걸까요?

오늘도 아무것도 하지 않고 시간을 흘려보냈다고, 홀

로 뒤처졌다고 속상해하고 슬퍼하고 있는 분이 있다면 정희재 작가의 『아무것도 하지 않을 권리』의 이 문장이 작은 위로가 될 것 같습니다.

아무것도 하지 않는다고 해서 결코 생동하는 삶에서 은퇴한 것은 아니었다. 아무것도 이뤄놓은 것이 없다고 탄식하는 대신 좀 더 당당하고 떳떳하게 '나는 다른 북소리를 듣고 있다'고 선언했어야 옳았다. 사실 아무것도 하지 않는 날이란 없다. 그날이 그날인 것 같아도 인간은 천천히 어느 지점인가를 향해서 간다. 헛되이 거저 지나가는 시간은 없다.

저도 이 말에 크게 공감합니다. 애초에 세상의 속도에 억지로 맞춰야 할 의무는 없습니다. 세상 모든 존재는 각자 자기만의 속도를 갖고 있으니까요. 거북이가 토끼처럼 뛸 필요도 없고, 뱁새가 황새처럼 걸어야 할 이유도 없습니다.

오늘도 아무것도 하지 않았다며 자책하지 마세요. 진짜 아무것도 하지 않는 무가치한 시간이란 없습니다. 그 시간에도 우리는 깊은 생각에 빠지기도 하고, 무언가를 유심히 들여다보기도 하고, 멍하니 충전을 하기도 하죠. 그

건 결코 무의미한 시간이 아닙니다. 그 순간들이 인생의 어느 지점에서 어떻게 도움이 될지는 아무도 모릅니다.

우리 삶에 헛되이 지나가는 시간은 없습니다. 정희재 작가의 말처럼 우리는 매 순간 자신만의 속도로 나아가고 있으니까요. 설령 아무것도 하지 않는 것처럼 보이는 순간 조차, 우리는 열심히 에너지를 보충하고 있습니다. 타인이 나를 게으르다고 생각한들 무슨 상관일까요? 별것 아닌 것처럼 보여도 몸을 쉬고 생각을 쉬는 건, 삶의 질을 높이고 나만의 속도를 찾는 최고의 방법입니다.

오랫동안 뇌와 행동 사이의 관계를 연구해 온 작가 클라우디아 해먼드는 『잘 쉬는 기술』에서 최고의 휴식법 열 가지를 소개합니다. 그는 현대인의 가장 큰 문제가 휴식의 결핍이라고 말합니다. 그에 따르면, 135개국 1만 8000명이 참여한 휴식 테스트에서 무려 3분의 2가 휴식이 부족하다고 답했다고 합니다. 보통 휴식은 멀리 여행을 떠나는 것처럼 특별한 활동이 있어야 한다고 생각하기 쉽지만, 의외의 사실을 이 책에서 확인할 수 있습니다.

우리가 찾고자 한 것은 사람들이 가장 즐겁다고 생각하는 활동이나 행복을 경험하게 해주는 활동, 혹은 가장 가치 있다고 여기는 활동이 아니라, '가장 휴식이 된다고 느끼는 활동'이라는 것이다. 이런 맥락에서 주목할 만한 결과는 '쉰다는 느낌을 주는 상위 5위까지의 활동'이 모조리 '혼자서 하는 활동'이었다는 점이다. 인간은 휴식을 취할 때 대체로 타인들에게서 벗어나고 싶어 하는 것 같다.

즉, 우리가 쓸모없다고 생각했던 혼자 보낸 시간들이 최고의 쉼이자 삶의 자양분이 되었다는 거죠. 복잡한 세상과 타인에게서 벗어나 자신에게 집중해야, 비로소 쉴 수 있는 겁니다. 누군가와 함께 운동하거나 여행을 하는 등의 활동도 즐거움을 줄 수 있지만, 내 몸과 마음이 휴식으로 느껴야 진짜 쉼이라는 거죠.

그럼 진짜 쉼이 되는 상위 다섯 가지 활동은 과연 무엇일까요? 먼저 순위에는 안 들었지만, 가장 기뻐하실 이야기부터 해드리고 싶은데요. 영화나 드라마, 예능 프로그램 등을 적정 시간 시청하는 것도 효과적인 휴식법이라고 합니다. 물론 '적정 시간'이라는 게 포인트겠지만요.

다시 순위로 돌아와서, 5위는 바로 '아무것도 안 하기'입니다. 지금까지 계속 이야기해 왔던 것처럼, 그저 멍하니 아무것도 안 하는 게 내 안의 에너지를 보충하는 시간이 된다는 거죠. 4위는 음악을 듣는 기쁨, 3위는 혼자 있는 시간의 힘, 2위는 자연에서 얻는 회복력인데, 1위가 조금 놀랍습니다. 바로 독서입니다.

그렇다면 이 책을 읽고 있는 분들은 이미 충분한 휴식을 취하고 계신 거라 할 수 있겠네요. 독서를 권할 만한 명분이 생긴 것 같습니다. 저도 이 순위를 보고 참 기뻤습니다. 독서를 좋아하는 저로서는 늘 충분한 휴식을 취하고 있는 셈이니, 마음의 건강은 염려하지 말라고 진단을 받은 기분이었으니까요.

우리는 '쉼이 필요하다'는 말에는 쉽게 공감합니다. 다만 실천하는 게 어려울 뿐이죠. 왜 그럴까요? 알면서도 휴식을 취하지 못하는 이유는 관계, 의무, 책임 같은 문제가 클 겁니다. 누구나 다양한 사회적 관계와 책임감 속에서 살아갈 수밖에 없기에, 쉬는 것을 무책임하거나 사치스러운 행위라고 생각할 수 있어요.

이런 생각에서 벗어나려면, 준비 단계가 꼭 필요합니다. 특히 사회생활을 하다 보면 누구나 번아웃에 빠지기 쉬운데, 정여울 작가는 『나를 돌보지 않는 나에게』에서 그

해결책을 이렇게 제시합니다.

　　번아웃 증상에서 회복되기 위한 첫 번째 길은 우선 쏟아지는 일감이나 타인의 요구로부터 벗어나는 것이다. 그러려면 거절이 필요한데, 무엇이든 '할 수 있다'고 생각해 온 사람에게는 거절이 마치 '나는 이 일을 해낼 수 없다'는 항복 선언처럼 느껴져 쉽지 않다. 타인의 부탁을 거절하는 것이 무능력을 증명하는 일처럼 보이거나 '나는 나쁜 사람'임을 보여주는 것 같아 마음이 편치 않다. 하지만 거절이 시작이다.

　　거절을 시작하지 않으면, 내 안의 진짜 요구를 들어줄 수 없게 된다. 내 안의 진정한 질문은 '당신은 왜 이 일에 집착하는가' '당신은 이 일 없이는 아무것도 아닌가' 같은 좀 더 본질적인 성찰을 필요로 한다. 일 속에 빠진 상태에서는 그런 근원적인 통찰에 이를 수 없다. (…) 우선 당신이 가장 사랑하는 사람들, 그리고 당신과 가장 가까운 사람들에게 당신의 상황을 털어놓아야 한다. 몸과 마음이 잠시 휴식을 원한다고. 더 행복한 삶을 위해 우선 멈춤이 필요하다고.

　　정여울 작가는 '일단 멈춤' 전에 '일단 거절'을 제안합니다. 쉬려면 거절부터 해야 한다니, 어찌 보면 너무 당연한데도 쉽게 간과했다는 생각이 듭니다. 사실 아무것도 하고 싶지 않다고 해서 바로 그런 시간을 만들기도 생각보다 쉽지 않죠. 작가의 말처럼 그건 우리가 거절을 잘 못하기 때문일지도 모릅니다. 마음이 편치 않더라도 일단 거절해 보면 어떨까요. 그런 시도 자체가 중요합니다.

저도 한때 거절하거나 거절당하는 걸 무척 두려워했습니다. 그렇지만 큰맘 먹고 한번 거절을 해보니, 그렇게 엄청난 일이 일어나진 않더라고요. 제가 거절한다고 타인의 삶이 흔들리거나 나에게 큰 불이익이 올 거라는 생각은 과한 걱정이었습니다. 적절한 거절은 오히려 관계를 유지하는 데 꼭 필요했어요. 서로에게 약간의 거리를 두는 일은 상대방을 존중하고 배려하는 행동이기도 하니까요.

거절을 잘하고 나면, 나의 진짜 마음을 돌아보는 여유가 생깁니다. 정말로 나에게 필요한 것, 내가 진짜로 원하는 것이 무엇이었는지 다시 생각해 볼 수 있죠. 타인을 신경 쓰다 나를 잃는 것만큼 미련한 일이 또 있을까요.

아무것도 하지 않고 쉬는 것, 단호하게 거절하는 일에는 모두 용기가 필요합니다. 쉽지는 않겠지만, 굳게 마음먹고 연습해 보세요. 그래야 충분히 쉬고, 그 뒤에 다시 일어나 나만의 속도로 인생을 걸어갈 수 있을 테니까요. 다른 사람의 발걸음만 좇느라, 정작 내 걸음이 엉키지는 않았으면 좋겠습니다. 내 삶의 중심은 바로 내가 되어야 하니까요.

내 마음의 바다

어느덧 올해 달력도 겨우 두 장만 남았습니다. 가만히 한 해를 돌아보니, 역시나 세상은 호락호락하지 않았지요. 인생은 늘 시련과 과제의 연속이란 걸 알고 있지만, 괴로웠습니다. 기대보다 한참 못 미치는 현실의 결과가 너무 답답했죠. 탈출구를 찾고 싶은데, 막상 어디로 가야 할지 모르는 상황에 답답함은 더해만 갔지요. 그렇게 걱정과 불안만 한가득 안은 채로 주말을 맞았습니다. 그런데 우연히 펼친 책에서, 이 구절을 발견했습니다.

누구나 가슴속에는 푸른 바다가 있다. 누구는 말을 하고 누구는 말을 하지 않았을 뿐. 누구는 일찍 알았고 누구는 늦게 알았을 뿐, 누구는 지금 바다를 보고 있고 누구는 잠깐 고개를 숙였고 누구는 바다를 잠시 잊었을 뿐. 누구나 가슴속에는 때 묻지도 않고 사라지지도 않는, 아득한 파도 소리에 햇살이 눈부신 푸른 바다가 있다.

오병욱 작가의 에세이『빨간 양철지붕 아래서』에 담긴 글입니다. 작가는 그림도 그리고 글도 쓰는 다재다능한 분인데요. 저는 그의 그림과 글을 모두 사랑합니다. 이 문장을 읽으면서는 잊고 있던 사실 하나를 깨닫게 되었는데요. 바로 바닷가를 직접 가지 않더라도, 얼마든지 일상에서도 넓은 바다를 찾을 수 있다는 사실이었죠. 바로 내 마음속에 있는 바다를 방문하는 것입니다.

현실은 걱정만 한다고 바뀌지 않습니다. 눈앞의 상황에 휘둘려 걱정과 불안만 키워봤자 해결되는 건 아무것도 없죠. 그럴 땐 잠시 현실에서 벗어날 필요가 있습니다. 마치 실제 바닷가를 거닐 때처럼, 마음에 평온을 안겨줄 '나만의 장소'가 필요한 것이지요.

오병욱, 〈내 마음의 바다〉, 2021

꼭 실제 바다가 아니어도 됩니다. 오병욱 작가의 그림, 〈내 마음의 바다〉 같은 작품도 그런 장소가 될 수 있죠. 예전에 처음으로 이 작품을 봤을 때가 생각납니다. 그날도 굉장히 마음이 무거웠는데, 인터넷을 뒤지다 우연히 이 작품을 보게 되었습니다. 그러곤 너무 강한 인상을 받은 나머지, 그림을 직접 볼 수 있는 곳을 찾게 되었죠. 운 좋게도 집 근처 갤러리에서 작품을 전시하고 있더군요. 곧바로 그곳으로 달려가 직접 마주한 그림은 제게 더욱 큰 감동을 선사했습니다. 막막한 마음을 뻥 뚫어주는 것 같았죠. 마치 깊고 고요한 바닷속으로 빠져드는 느낌이었습니다.

그림을 보니 어떠신가요. 고요한 바다가 무언가를 말해주고 있는 것 같지 않나요. 내가 당신을 안아줄 테니, 당신을 알아줄 테니, 당신의 이름을 불러줄 테니, 너무 염려하거나 힘들어하지 말라고 바다가 말해주는 것 같습니다. 저는 그렇게 멍하니 그림을 바라보며 어느 때보다 편한 안식을 취했습니다. 이 작품은 점묘법으로 그려져서, 실제로 보면 더 깊이 빠져드는 듯한 기분이 듭니다. 2017년 11월, 미국의 도널드 트럼프 전 대통령이 방한했을 때 청와대가 공수해 걸어둔 걸로도 유명한데요. 그만큼 가치가 있고 힘이 있는 작품이라고 생각합니다.

그날 저는 무거운 마음을 그림 속 바다에 던져두고 갤러리를 빠져나왔습니다. 홀가분한 기분으로 근처 카페에 가서 커피를 마시며 그동안 채찍질만 하던 나 자신을 토닥여줬습니다. 그렇게 무거웠던 마음이 그림 하나로 이렇게 가벼워지다니, 예술의 힘이란 얼마나 경이로운지 또 한번 깨닫게 됐지요.

그러고 보니 '바다' 하면 떠오르는 소설도 하나 있습니다. 바로 어니스트 헤밍웨이의 『노인과 바다』입니다. 누구나 한 번쯤 들어보셨을 테고, 많은 분이 읽으셨을 겁니다. 소설에는 이런 대목이 등장합니다.

죄에 대해서는 생각하지 말기로 하자. 그런 것을 생각하기에는 이미 때가 너무 늦었고, 또 죄에 대해 생각하는 일로 벌어먹고 사는 사람도 있으니까 말이야. 죄에 대해선 그런 사람들에게 맡기면 돼.

'죄'라는 단어를 걱정이나 불행 같은 감정으로 바꿔서 생각해도 될 것 같아요. 그것들에 대해 생각하지 말고, 그런 무거운 마음은 바다에 던져버리는 거죠. 그리고 오늘의 행복만을, 나라는 사람만을 생각하는 겁니다. 부정적인 감정에만 마음을 뺏기기엔 하루가 너무 아까우니까요.

여러분도 각자 자신만의 안식처를 찾아보길 바랍니다. 늘 그리워할 수 있는 바다 같은 곳, 힘들 때 위로를 받고, 삶에 영감을 주는 곳을 찾는 거죠. 헤밍웨이의 글처럼 이미 벌어진 일들에 휘둘리지만 말고, 우리가 얻을 수 있는 행복을 찾아가는 겁니다. 예술 작품을 통해서든, 좋은 문장을 통해서든, 누군가와의 만남을 통해서든 말입니다.

후회해 본 적
있나요?

누구나 살면서 수많은 후회를 합니다. '만약 그때 그렇게 하지 않았다면 어땠을까. 관계가 달라졌을까. 다른 선택을 했다면 어땠을까. 내 삶이 조금 더 나아졌을까. 어제 일을 미루지 않았다면 어땠을까. 지금보다 나은 오늘이었을까' 하며 말입니다.

후회하기엔 늦었다고 말하지만, 어쩌면 인간은 후회하기 때문에 발전하는 건지도 모르겠습니다. 과거를 깊이 후회하고 반성함으로써 앞으로의 길을 모색하고 자신을 성찰할 수 있는 거지요.

할 일을 내일로 미뤄두고 잠자리에 들었는데, 방문을 두드리는 소리가 났다. 나는 일어나 손님을 맞았다.

"선생님께서 저희를 좋아하신다는 소문을 듣고 찾아왔습니다."

"아니. 당신은 누구신데요?"

"내 이름은 '하려고 했었는데'입니다."

"거참 희한한 이름도 다 있군요. 그렇다면 같이 온 동자의 이름은 무엇입니까?"

"아. 이 동자는 저와 쌍둥이입니다. 이름은 '하지 않았음'이고요."

나는 물었다. "당신들은 어디에 살고 있습니까?"

"'이루지 못하리'라는 마을에 살고 있지요."

그러자 '하지 않았음'이 독촉했다.

"어서 떠나자. 그 귀찮은 녀석이 쫓아올 거 아냐."

"그 귀찮은 녀석이란 누구입니까?"

"'할 수 있었는데'이지요. 꼭 유령처럼 우리 뒤만 밟는다니까요."

나는 잠에서 깨어 일어났다.

내일로 미루려던 일을 해치우기 위해 책상 앞에 앉았다.

닭이 울었다.

정채봉 작가의 『이 순간』이라는 동화책의 일부입니다. 덴마크에 안데르센이 있다면 한국에는 정채봉이 있다고 말할 정도로 예쁜 글을 써오셨고, 「너를 생각하는 것이 나의 일생이었지」라는 시로도 유명합니다. 정호승 시인은 정채봉 작가를 두고 "채송화 채에 봉숭아 봉 자가 어울린다"라는 표현을 쓸 정도로 순수하고 마음이 따뜻해지는 글들을 남긴 분이죠.

혹시 위의 글을 보고 어떤 생각이 드셨나요? 오래전에 이 글을 읽었을 때, 저는 정말 뜨끔했습니다. 바로 일어나서 할 일을 하게끔 만드는 문장이랄까요. 지금도 가끔 스스로 나태하고 게으르다고 느낄 때마다 찾아서 읽습니다.

아마도 많이 공감하실 거예요. 분명 뭔가를 하려고 했었는데, 어느새 '하지 않았음'이란 아이가 내 곁에 와 있었죠. 아마 이 친구들은 평생 제 뒤를 따라다닐지도 모릅니다. 저 역시 회사원이자 작가로서 책을 쓰고 만들고 추천하기도 하며 다양한 일을 하고 있지만, 결코 항상 부지런한 건 아닙니다. 일을 미룰 수 있을 때까지 미루는 성격이랄까요. 집중할 때까지의 준비 기간이 오래 걸립니다. 극한까지 몰아 한 번에 휘몰아치며 일을 할 때가 더 많죠. 그러니 정채봉 작가님의 글이 더 와닿았습니다.

특히 "닭이 울었다"라는 마지막 문장이 재미있고 인상 깊은데요. 단순히 일이 많아 밤을 새운 것은 아닐 거예요. 날이 새는 걸 모를 정도로 본인의 일에 집중하는 화자의 모습이 상상됩니다.

우리가 자주 후회하게 되는 또 다른 이유는 바로 '선택'입니다. '그때 이런 선택을 했으면 어땠을까. 지금보다 삶이 조금 더 윤택해졌을까'라는 생각을 하는 거죠. 내가 좀 더 열심히 공부를 했다면, 다른 회사에 입사했다면, 이 사람과 결혼하지 않았다면. 인생의 중요한 순간에 선택했던 결정들에 대해 생각하는 거지요.

인생은 수백만 가지 선택으로 이루어져 있고, 우리는 하나를 선택할 때마다 다른 것을 포기하는 셈이므로 살아가면서 아쉬움이 쌓이기 마련이다. 이는 피할 수 없다. 하지만 아쉬움을 가만히 되짚어보면 우리가 다른 길로 갔다면 어떻게 달랐을까 하고 생각해 볼 수 있는 기회가 생긴다.

우리가 삶에서 놓쳤다고 생각하는 것, 그리고 우리가 원하는 것이 달랐을 수 있다는 가능성을 생각해 볼 수 있다. 가장 중요한 건, 이렇게 되면 아주 작은 방식으로나마 실행에 옮길 기회가 생긴다는 점이다. 희망은 더 나은 것이 가능하다는 믿음이다. 후회는 그것이 무엇인지 알게 해준다.

케리 이건은 후회에 대해 조금 독특한 글을 썼습니다. 호스피스로 일하면서 죽음을 앞둔 사람들의 이야기를 모아 『살아요』에 담았죠. 책 속 인물들은 삶에 대한 회한을 가득 담아 아쉬웠던 점과 행복했던 점에 관해 이야기하는데요. 저는 이 책을 보며 깊은 깨달음과 희망을 배울 수 있었습니다.

흥미로웠던 부분은 작가가 후회를 기회로 삼으라고 이야기하는 점입니다. '더 나은 것이 가능하다는 믿음'을 후회를 통해 얻을 수 있다니요. 후회는 늘 나쁜 것이라고만 생각했던 제게 이 문장은 큰 충격이었습니다.

후회는 이렇듯 삶의 새로운 기회를 가져다줄지도 모릅니다. 내가 정말로 원하는 게 뭔지, 후회의 순간에 불현듯 깨닫게 될 수도 있으니까요. 희망이 어떤 가면을 쓰고 우리에게 찾아올지는 아무도 예측할 수 없습니다.

마지막으로 이야기해 볼 것은 관계에 대한 후회입니다. 가족, 친구, 연인 등 우리가 살면서 맺는 수많은 관계

에 대한 것이죠. 다음에 소개할 문장은 관계에 너무 예민
해서 쉽게 상처받았던 제 과거를 후회하며 골랐습니다.

남들보다 민감하고 예민한 사람들은 실제로 소모적이고 과
도한 자극을 주는 대화에 쉽게 빠져든다. 그들은 상대방에게
친절하고, 배려 깊고, 수용적인 사람이 되려고 노력한다. 당신
은 천성적으로 타인의 상황에 공감하려는 마음을 가지고 있을
것이다.

민감한 사람들이 공통적으로 갖고 있는 이런 능력은 자기 문
제를 남에게 떠맡기려는 사람들에게 매력적으로 느껴진다. 그
러나 그런 관계를 오래 이어 가면 얼마 지나지 않아서 사회적
인 에너지는 바닥을 드러내고 말 것이다.

그러므로 당신은 남들의 이야기를 들어주기 위해 사용하는
시간, 대화를 나누는 사람들의 성격 유형을 현명하게 분별해야
한다. 당신의 에너지 수준은 한정되어 있기 때문에 의미 있고
보상받을 수 있는 관계에 그 에너지를 사용해야 한다.

나는 친구의 고민을 계속 들어주었는데, 정작 내 얘기
는 들어주지 않아 상처받았던 경험, 힘들고 부정적인 얘기
만 계속 털어놓는 연인 때문에 힘들었던 경험이 있다면,

일자 샌드의 『센서티브』의 문장에 공감하실 겁니다.

저 역시 나이를 먹어가면서 친구가 인생의 전부는 아니며, 사람에겐 각자 사정이 있고, 모든 사람이 나를 사랑할 수 없다는 걸 배우고 있습니다. 하지만 어릴 땐 그러지 못해 괴로웠던 순간이 더 많았죠.

작가의 말처럼 우리가 가진 사회적 에너지는 유한합니다. 모든 관계에서 예민하게 에너지를 쓰다 보면, 정작 꼭 필요한 사람에게 쓸 에너지는 남아 있지 않게 됩니다. 꼭 내가 원하는 사람만 만날 수는 없겠지만, 그래도 최대한 현명하게 분별해서 시간을 써야 합니다. 나의 선의를 이용하려는 사람들에게 끌려다니지 않기 위해서요.

모든 사람에게 친절하게 보이려는 노력은 우리가 살아가는 데 도움이 되지 않습니다. 나를 위해, 좋은 인연이 될 사람에게만 소중한 에너지를 나눠 쓰며 건강하고 윤택한 관계를 만들어가야 합니다.

우리는 앞으로도 '이랬으면, 저랬으면 어땠을까' 하며 수많은 것들을 후회하고 고민할 겁니다. 그래도 이제는 너무 자책하지 말고, 후회를 희망으로 바꿀 수도 있다는 사실을 기억하면 좋을 것 같습니다.

지나간 것이 아닌 앞으로 올 것에, 좋은 사람과 좋은 기회에 에너지를 쓰고 지금 할 일을 미루지 않는 용기를 낸다면, 후회는 헛된 미련이 아닌 우리를 앞으로 나아가게 하는 동력이 되어줄 거니까요.

잠깐 미소지을 수
있다면

사람이 지닌 무기 중에 가장 탁월한 것은 무엇일까요? 저는 그중 하나가 웃음이라고 생각합니다. "웃는 낯에 침 못 뱉는다"라는 속담도 있고, 고난을 겪을수록 웃음이 위로와 용기를 줄 때가 많기 때문이죠.

환한 미소는 관계를 맺거나 유지할 때도 강력한 무기가 됩니다. 저는 20대 때부터 그 힘을 절실히 느낄 수 있었습니다. 바로 제가 많은 이에게 웃음으로 용기와 위로를 주는, 레크리에이션 강사로도 활동했기 때문이죠. 작가로 활동하는 지금의 저를 생각하면 굉장히 의외일 수 있겠지만, 오랜 지인들은 오히려 작가로 활동하는 저의 모습을 의외라고 생각합니다. 사람 일은 알 수 없다는 말이 바로 이럴 때 쓰는 말일까요.

아무튼, 제가 레크리에이션 강사 자격증을 따고 연수를 받을 때 웃음 치료 수업을 들은 적이 있었습니다. 그때 배운 것이 바로 웃음의 전염성이었습니다. 누군가 웃으면 주위의 모든 사람에게 웃음이 번진다는 이야기였죠. 여러분도 살면서 겪어보셨을 겁니다.

이 이야기를 할 때면, 몇 년 전 코카콜라의 한 광고 영상이 떠오릅니다. 한 남성이 지하철에서 스마트폰을 보며 아주 크게 웃습니다. 같은 지하철 칸에 있던 승객들은 처음엔 당황하고 의아해하죠. 하지만 남자가 쉬지 않고 계속 웃자, 결국 다른 사람들도 하나둘씩 슬며시 웃기 시작합니다. 나중엔 모두 박장대소를 하게 되죠. '행복은 웃음에서 시작된다'는 슬로건으로, 모두를 웃음 짓게 만든 아주 유쾌한 광고였습니다. 아마 그 승객들의 하루는 조금 더 밝아지지 않았을까요. 영상을 보는 내내 제 얼굴에도 웃음이 떠나지 않았거든요.

웃음의 효과는 과학적으로도 증명됐습니다. 일본 쓰쿠바대학에서는 웃음을 통해 당뇨병을 완화했다는 결과를 발표했고, 서울 아산병원 암센터 연구팀 역시 '웃음치료 프로그램'을 암 환자들에게 꾸준히 진행한 결과, 부정적 감정이 80%나 줄었다고 합니다. 웃음이 뇌신경 전달물질을 활성화해 엔도르핀, 도파민 같은 행복 호르몬 분비를 높였기 때문이지요.

여러분은 하루에 얼마나 웃으시나요? 일부러라도 웃으려고 노력하시나요? 솔직히 웃을 시간이 별로 없는 분도 많으실 겁니다. 저 역시 그러니까요. 그런 분들을 위해 그림 한 점을 소개해 드리고 싶습니다. 저도 우연히 보게 된 작품이었는데, 보는 순간부터 웃음이 나고 행복해지더군요. 바로 송형노 작가의 〈담장 위의 올리비아〉라는 그림입니다.

오른쪽 그림을 보고 어떤 기분이 드시나요. 저는 작가의 올리비아 연작 그림들을 보면, 절로 행복해져 미소를 짓게 돼요. 귀여운 아기 돼지는 마치 저를 보며 미소 짓는 것 같고, 예쁜 하트 모양 구름은 우리에게 '당신은 사랑받아 마땅한 존재'라고 용기를 주는 것 같죠. 행복의 나라로

송형노, 〈담장 위의 올리비아〉, 2021

오라는 손짓처럼 느껴지는 작품입니다.

송형노 작가는 가족의 소중함을 담은 그림을 주로 그리는데요. 올리비아라는 이름의 귀여운 돼지 역시, 돼지띠인 딸을 빗댄 캐릭터라고 합니다. 주변의 소중한 사람에게서 진정한 행복의 의미를 찾는, 진심을 담을 줄 아는 화가이기에 이렇게 보기만 해도 행복한 작품을 그릴 수 있지 않았나 생각합니다.

행복이란 어찌 보면 단순한 것 같습니다. 그림 한 점으로도 웃음 짓고 행복해질 수 있으니까요. 이처럼 메마른 인생일수록 단비가 되어주는 사소한 것들이 필요합니다. 꼭 그림이 아니더라도 나를 미소 짓게 만드는 사람을 곁에 두는 것도 좋은 방법입니다. 거울을 보며 억지로 웃는 건 힘든 일이지만, 아름답거나 유쾌한 대상을 보면 내가 의도치 않아도 얼굴에 미소가 지어지죠. 그렇게 하루하루를 웃음으로 채울 수 있다면 행복은 더 이상 먼 곳에 있는 게 아닐 겁니다.

지금 이 순간, 웃음을 함께 나눌 사람을 바라는 분들에게 시 한 편을 소개해 드리고 싶습니다.

죽도록 사랑하는 사람이 아닌

미치도록 좋아하는 사람도 아닌

괜찮은 사람 하나 있었으면 좋겠네

깊이의 잣대가 필요 없는

가슴넓이의 헤아림이 필요 없는 마음

자신을 투영시킬 맑은 눈을 가진

그런 사람 하나 있었으면 좋겠네

삶이 버거워 휘청거릴 때

조용히 어깨를 내어주고

사심 없는 마음으로 손을 잡아줄 수 있는

괜찮은 사람 하나 있었으면 좋겠네

마음이 우울할 때 마주 앉아

나누는 차 한 잔만으로도 부자가 될 수 있고

하늘빛이 우울하여 몹시도 허탈한 날

조용한 음악 한 곡 마주 들으며

눈처럼 하얀 웃음 나눌 수 있는

그런 사람 하나 있었으면 좋겠네

내 모습 전부를 보여주고 돌아서서

후회라는 단어 떠올리지 않아도 될

괜찮은 사람 하나 있었으면 좋겠네

일상에서 문득 그 모습 떠올려지면

그 사람 참 괜찮은 사람이라는 생각에

방긋이 미소가 지어지는

그런 사람 하나 있었으면 좋겠네

그리고 나도 그런 사람에게

참 괜찮은 사람이었으면 좋겠네

　　권혜진 시인의 「괜찮은 사람 하나 있었으면 좋겠네」
라는 시입니다. 읽을 때마다 참 내 마음 같다는 생각을 하
게 되는 작품이죠. 제가 자주 소개하는 시이기도 한데 소
개할 때마다 많은 분에게 사랑을 받았습니다. 시에서 말하
는 그런 사람이 한 명이라도 있으면 우리는 충분히 행복
한 삶을 살고 있는 겁니다. 꼭 내 마음을 있는 그대로 보여
줄 정도는 아니더라도, 쓸쓸하고 공허할 때 그 마음을 알
아줄 사람이 한 명이라도 있다면, 잠깐이라도 웃으며 이야
기 나눌 수 있는 사람이 있다면, 우리의 삶이 그렇게 외롭

지는 않겠지요.

저는 마지막 구절이 가장 인상 깊었어요. 나도 그에게 참 괜찮은 사람이길 바란다는 표현이 좋았죠. 내가 괜찮은 사람이 되고 싶게끔 만드는 사람, 기꺼이 내 마음을 내주고 싶은 사람. 그런 사람이 여러분 곁에는 있으신가요? 그렇다면 그 어떤 어려움이 덮쳐오더라도, 얼마든지 극복해 나갈 수 있을 거예요.

또 저는 이 시를 읽을 때마다, '나는 과연 누군가를 미소 짓게 하는 사람일까' 하는 질문을 하게 됩니다. 되도록 많은 이에게 괜찮은 사람이길 바라지만, 최소한 사랑하는 가족만큼은 미소 짓게 하는 사람이 되고 싶습니다. 여러분은 가족에게 얼마나 자주 미소를 보이시나요? 혹시나 가장 편하고 행복해야 할 집에서, 가장 무기력하고 지친 표정을 짓고 있진 않나요?

물론 온종일 일에 치여 지친 몸을 이끌고 돌아오면, 생기가 없을 수도 있죠. 하지만 그럴수록 미소를 잃지 않아야 합니다. 언제든 돌아갈 집이, 함께 밥을 먹을 식구가, 웃음을 나눌 존재가 있다는 것만으로도 우리에겐 행복할 이유가 충분하니까요.

마지막으로, 오늘 하루도 알차게 보내고 집으로 발걸음을 옮기는 분들을 위해서 좋은 그림을 하나 더 소개하고 싶습니다. 바로 고차분 작가의 〈행복한 해변〉이라는 작품입니다.

　저는 이 그림을 '와디즈'라는 펀딩 사이트에서 처음 봤는데요. 이 작품을 보자마자, 구매해서 집에 걸어둬야겠다고 결심했어요. 다음 페이지에 실린 그림을 가만히 보면, 파란 바다가 있고 해변에 옹기종기 집들이 모여 있습니다. 더 자세히 보면, 각각의 집이 웃고 있죠. 사람이 나고 자라는 곳, 어디로 떠나든 언젠가 반드시 돌아올 곳, 사랑하는 이들과 행복한 시간을 보내는 공간인 집. 그것을 이렇게 아름답고 귀엽게 표현하다니, 보기만 해도 저절로 웃음이 나는 작품입니다.

　우리가 사는 모든 집이 찡그린 표정이 아닌 이렇게 미소 짓는 공간이 된다면 얼마나 좋을까요. 여러분의 집은 어떤 표정을 짓고 있나요? 웃고 있나요, 아니면 울상을 짓고 있나요? 과연 어떤 집에서 살고 싶은지 생각해 보시기 바랍니다.

　이번에 소개한 작품과 글들에는 모두 미소가 들어 있

습니다. 삭막하고 힘겨운 일이 많은 세상이지만, 웃음 지을 수 있는 순간들이 지금보다 많아졌으면 좋겠습니다. 앞으로의 나날들은 더욱 많이 웃으며 서로를 마주 볼 수 있기를 바랍니다.

늘 웃음 짓고 싶습니다.
늘 행복한 사람이고 싶습니다.
그리고 그 행복 속에 당신도 늘 함께이길 바랍니다.
가족, 연인, 친구, 동료, 이웃, 그 어떤 이름이든
그렇게 당신과 함께 웃음 짓는 날이
많아지면 좋겠습니다.

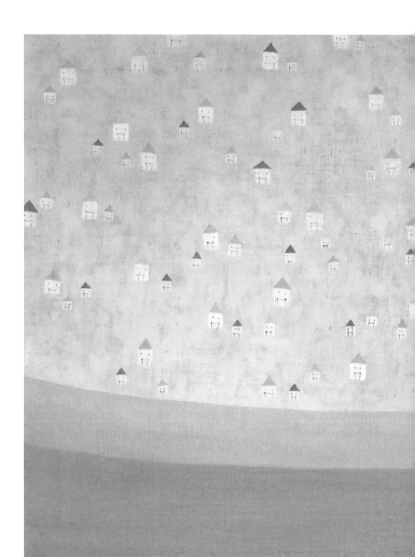

봉설(고차분), 〈행복한 해변〉, 2020

2부

사랑하게 되니,
우주가 생겼다

ㅡ 너에게 다가가는 법

눈빛으로
전할 수 있는 것

내 마음을 어떻게 다른 사람에게 전할 수 있을까요. 또 상대의 마음을 어떻게 내 마음에 담을 수 있을까요. 마음을 나눈다는 건 참으로 쉽지 않은 일입니다. 종종 우리가 '이심전심'이란 말을 쓰는 이유는 사실 그만큼 마음을 맞히기 어렵기 때문입니다. 다른 이의 속마음을 정확히 알기란 불가능하니까요.

그렇기에 "네 마음을 충분히 이해해"라는 말이 상대에게는 폭력적으로 들릴 수도 있습니다. 아무리 비슷한 경험을 했어도 마음까지 같을 수는 없기에, 위로를 건네도 진심이 전해지지 않을 수 있죠.

평생을 함께한 가족 사이에도 오해가 생길 때가 많은데 친구나 연인, 지인이면 오죽하겠습니까. 어쩌면 진정한 이해란, 이런 오해의 가능성을 전제로 할 때나 가능할지도 모르겠습니다. 이런 상황을 김연수 작가는 책 『세계의 끝 여자친구』의 작가의 말에서 이렇게 표현했습니다.

> 우리는 대부분 다른 사람들을 오해한다. 네 마음을 내가 알아, 라고 말해서는 안 된다. 그보다는 네가 하는 말의 뜻도 나는 모른다, 라고 말해야만 한다. 내가 희망을 느끼는 건 인간의 이런 한계를 발견할 때다. 우린 노력하지 않는 한, 서로를 이해하지 못한다.

우리는 서로 다릅니다. 생각과 언어, 성별, 나이, 살아온 경험이 모두 다르기에 완전히 같은 마음을 가질 수 없음을 인정할 수밖에 없죠. 그렇기에 상대의 마음을 완벽하게 알려고 하기보다, 계속해서 상대를 살피고 대화를 나누면서 서로의 마음을 조심스레 살피는 일이 중요하다고 생각합니다. 섣부른 충고와 조언을 내뱉는 대신 말입니다.

공감하기 위해 꼭 거창한 무언가가 필요한 것은 아닙

니다. 때로는 눈빛만으로도 상대의 마음을 담고 이해할 수 있습니다.

> 진심이 담기지 않는 위로와
> 사치스러운 조언을 뒤로하고
> 투명한 마음으로 안아주는 것
>
> 그럴듯한 충고와
> 거추장스러운 판단은 멀리하고
> 그늘진 아픔도 있다고 말해 주는 것
>
> 아무 말 없이
> 상대의 눈에 하염없이 자신을 담는 것

소윤 작가의 『작은 별이지만 빛나고 있어』의 글 일부입니다. 저는 여기서 공감의 의미를 다시 한번 깨달을 수 있었습니다. '진심'이란 단어를 여기저기 치장하는 데 쉽게 쓰지 않고 그저 투명한 마음으로 다가가는 것. 말처럼 쉽지 않겠지만, 그것만으로도 우리는 얼마나 큰 위로를 받을까요. 그럴듯한 충고 대신 그늘진 아픔도 있다고 말해

주는 것만으로도, 아무 말 없이 상대의 눈을 바라보며 자신을 담는 것만으로도 우리는 서로를 조금은 더 이해할 수 있을 것입니다.

서로의 눈에 서로를 담는다는 것이 무엇인지 보여주는 작품이 있습니다. 2010년도 뉴욕현대미술관에서 펼쳐진 한 행위 예술 작품입니다. 빨간 드레스를 입은 예술가가 의자에 앉아 있고, 그 앞에 다양한 사람들이 와서 말없이 눈을 바라보는 행위 예술이었습니다. 예술가의 이름은 마리나 아브라모비치, 작품의 이름은 〈예술가는 출석 중 (The artist is present)〉입니다.

이 퍼포먼스는 무려 3개월 동안 진행되었고, 수많은 사람이 이 퍼포먼스에 참여했습니다. 그러던 어느 날, 한 중년 남성이 다가옵니다. 그의 이름은 울라이. 예술가이자 영화감독이며, 한때 마리나의 연인으로 수많은 예술 작품을 함께 만들기도 했던 동지였죠. 무려 22년 만의 재회였습니다.

전혀 미동도 하지 않았던 마리나는 옛 연인 울라이를 엷은 미소 띤 얼굴로 지긋이 바라보았고, 이내 두 사람은 눈빛으로 마음을 나누기 시작합니다. 결국 둘은 눈물을 보이고 말죠. 영상으로 그 과정을 지켜보는데, 두 사람의 마음이 제게도 고스란히 전달되어 눈물이 맺히더군요.

한때 열렬히 사랑했던 연인. 오랜 시간이 지난 뒤에 상대를 다시 만났을 때 얼마나 많은 이야기를 나누고 싶었을까요. 하지만 두 사람은 행위 예술 안에서, 말없이 오직 서로의 눈을 바라보며 마음을 전달했습니다. 그들이 나눈 것을 말로 다 표현할 수는 없지만, 분명 저에게도 그 진심이 다가왔습니다. 둘의 눈빛만 보고도 서로 얼마나 많은 이야기를 나누고 있는지 느껴졌습니다.

시간이 흐른 뒤, 결국 마리나는 자리에서 일어나 울라이에게 두 손을 내밉니다. 울라이도 웃으며 마리나의 손을 잡았고, 그 모습을 보고 감동한 관객들은 박수갈채를 보냈습니다.

말보다 눈빛으로 소통하는 것, 누구나 살면서 이러한 경험을 해봤을 겁니다. 부모와 자식, 친구, 연인 등 모든 관계에서요. 물론 대화를 계속 눈빛으로만 할 수는 없지만, 마리나와 울라이처럼 눈빛으로 나누는 대화의 소중함을 알려준 작품이 하나 더 있습니다.

당신의 눈빛이

내 마음에 꽂히자마자

퍽, 소리가 났습니다

내 안의 것들이 한꺼번에

풀썩 주저앉는

소리였어요

어떻게 알았지요?

당신은 이미

내 마음을

찬찬히 읽고 있었습니다

감추고 싶었는데

다 들켜버리고 말았어요

홍수희 시인의 「눈빛」이란 시입니다. 눈빛이라는 건 그런 것인가 봅니다. 말 한마디 하지 않고도 상대를 주저 앉힐 수도, 울릴 수도, 살릴 수도, 그리고 무엇보다 깊은 사랑을 표현할 수 있는 것. 당신은 상대에게 어떤 눈빛을 보내고, 또 받고 있나요.

이런 눈빛을 나누고 싶은 분들을 위해, 마지막으로 카 렌 케이시의 「우리는 누군가에게 소중한 사람입니다」라는

시를 선물로 드립니다. 서로에게 애정을 담은 눈빛을 보낼
수 있는 소중한 사람이 되길 희망하니까요.

누군가가 우리에게
고개를 한 번 끄덕여주는 것만으로도
우리는 미소 지을 수 있고

또 언젠가 실패했던 일에
다시 도전해 볼 수도 있는 용기를 얻게 되듯이

소중한 누군가가
우리 마음 한구석에 자리 잡고 있을 때
우리는 그 어느 때보다 밝게 빛나며
활기를 띠고 자신의 일을 쉽게 성취해 나갈 수 있습니다

우리는 누구나 소중한 사람을 필요로 합니다

또한 우리들 스스로도
우리가 같은 길을 가고 있는
소중한 사람이라는 걸 잊어서는 안 되겠지요

우리가 누군가에게

소중한 사람이라는 걸 알고 있을 때

어떤 일에서든 두려움을 극복해 낼 수 있듯이

어느 날 갑작스레 찾아든 외로움은

우리가 누군가의 사랑을 느낄 때 사라지게 됩니다

우리는 누군가에게 소중한 사람입니다

내 이름을
주고 싶은 사람

여러분 곁에는 소중한 존재가 있나요? 곁에 있어주는 것만으로 위로와 용기가 되는 존재, 기꺼이 내가 가진 모든 것을 내줄 수 있는 존재 말입니다. 요즘에는 사랑이란 말의 무게가 점점 가벼워지는 것 같아 씁쓸하기도 한데요. 그래도 전 여전히 사랑을 믿고, 사랑을 나눌 수 있는 존재와 함께라면, 우리 삶이 더욱 빛날 것이라 믿습니다.

"8800만 달러! 낙찰입니다!"

경매봉이 탕탕 단상을 내리칩니다. 장내에서는 큰 박

수와 환호가 터져 나왔죠. 한국 미술품 경매 사상 처음으로 100억 원이 넘는 미술 작품이 탄생한 것입니다. 바로 '김환기가 김환기를 이겼다'라는 말이 나오는 작가, 한국 미술계의 거장 김환기의 〈우주〉라는 작품이었습니다.

무려 8800만 홍콩달러(한화 약 132억 원)에 낙찰된 것에서 알 수 있듯이, 그는 우리나라는 물론 20세기 현대회화사를 대표하는 위대한 작가입니다. 한국에서만 활동하는 데 그치지 않고, 파리로 뉴욕으로 나아가 세계를 무대로 자신의 실력을 입증해 냈죠. 그런데 그가 이렇게 세계적인 명성을 얻은 데에는 빼어난 재능과 노력도 있었지만, 무엇보다 훌륭한 조력자의 힘이 있었습니다. 그 조력자는 바로 아내 김향안입니다.

여사의 본명은 변동림으로, 김향안은 필명입니다. 하지만 사람들은 김향안이라는 이름으로 많이 기억하고 있고, 본인도 그 이름으로 기억되길 바랐습니다. 수필가 겸 미술평론가로, 스무살 무렵 우리가 너무도 잘 알고 있는 시인이자 소설가 이상과 결혼했으나 얼마 지나지 않아 사별하고 말았죠. 그리고 오랜 시간이 지난 뒤에야 그는 다시 인생의 동반자를 만나게 됩니다. 바로 김환기였습니다.

향안이라는 이름은 원래 김환기의 어릴 때 이름입니다. 너무나도 소중한 사람이었기에, 기꺼이 반려자의 이름을 자신의 이름으로 삼았던 거죠. 그런데 이들의 이야기는 이런 낭만적이고 소소한 일화에 그치지 않습니다. 바로 사랑하는 이의 꿈을 현실로 만들어준 것, 늘 외국에서 활동해 보고 싶다는 김환기의 오랜 꿈을 김향안은 현실로 만들어주었죠. 김향안은 남편보다 먼저 파리로 떠나 1년간 공부도 하고 화랑을 찾아 인맥도 쌓습니다. 그리고 이듬해인 1956년에 김환기를 파리로 부르죠. 그들은 3년간 파리에서 살면서 다방면으로 활동했고, 1963년에는 함께 뉴욕으로 건너가서 크게 활약합니다.

저는 이 두 분의 관계를 보고, 진정한 동반자란 무엇인가에 대해 많은 생각을 하게 됐습니다. 이름을 함께 나누어 갖는 것, 꿈을 현실로 이루어주는 것, 동반자로서 서로의 단단한 토대가 되어주는 것이 얼마나 위대한지를 깨닫게 되었지요.

더 좋은 반쪽을 만나야겠다는 바람은 더 좋은 반쪽이 되고 싶다는 소망으로 바뀌었습니다. 희망하게 되었어요. 나의 성장을 이끌고 그의 성장이 또 나를 성장하게 하면서 서로에게 점점 더 잘 맞는 반쪽이 되어가는 일.

정현주 작가의 에세이 『우리들의 파리가 생각나요』에는 김환기, 김향안 두 동반자의 멋지고 아름다운 이야기가 담겨 있습니다. 서로의 존재가 서로에게 어떤 의미였는지, 얼마나 깊이 의지했는지 보여주는 문장입니다. 이 책에는 서로에 대한 진한 그리움이 담긴 편지와 드로잉들도 실려 있는데, 가만히 읽고 있자면 너무도 큰 사랑의 힘이 마음 깊은 곳을 울립니다.

김향안은 『월하의 마음』이라는 수필집에서 이런 글도 남깁니다.

남편이 화가인데 아내가 미술에 대해서 아무것도 모른다면 그 가정생활은 다소 절름발이 격이 되지 않을까. 부부란 서로의 호흡을 공감하는 데서 완전한 일심동체가 되는 것인 줄로 안다. 자기가 전공한 것이 미술이 아니라도 미술가와 결혼을 하게 되었다면 미술에 대한 기본 공부를 해보는 것이 남편의 세계를 이해하게 되기도 하려니와 자기 자신의 정신생활 또한 그만큼 폭넓게 하는 길이 될 거다.

저는 이 글을 보고 부부란 이런 것이구나, 동반자란 서로 이런 마음을 가져야 하는구나, 하고 생각했습니다.

우리는 소중한 사람이라고 말하면서, 정작 곁에 있는 사람이 평소 무슨 생각을 하는지, 어떤 꿈을 꾸며 살아가는지 제대로 신경 쓰지 못할 때가 많습니다. 물론 그런 와중에도 행복한 관계를 이어가는 이들도 있겠지만, 저는 동반자라면 서로의 세계를 깊이 이해하고 같이 호흡하며 공감해야 한다고 생각해요. 실제로 취미나 가치관, 삶의 방향을 비슷하게 맞춰가는 커플이 훨씬 더 행복하게 지내는 것을 자주 접합니다.

저와 친한 어떤 부부는 서로의 독서 노트를 공유하는데요. 똑같은 책을 함께 읽고 독서 노트를 써서, 느낀 점과 감명 깊은 문장들을 공유하는 겁니다. 독서 모임에서 만나 결혼까지 한 커플인데, 이런 일상이 너무 행복하다고 하더군요. 서로 성격은 비슷해도 인상 깊은 문장은 각자 다를 수 있고, 왜 그 문장을 골랐는지 이야기를 나누다 보면 상대의 마음을 더 깊이 이해할 수 있다고 하면서요. 이렇게 작은 관심사를 나누는 일을 통해서도 영혼의 동반자로 성장할 수 있습니다.

작품을 그린 것은 김환기였지만, 그에게 지속적으로

영감을 불어넣어주고 그가 위대한 예술가의 반열에 오르도록 북돋운 이는 바로 김향안이었습니다. 화가가 사망한 뒤에도 김향안은 미술관 건립을 위해 오랫동안 애썼고, 마침내 그 결실이 현재 부암동에 있는 환기미술관 건립으로 이어졌지요.

여러분에겐 이런 동반자가 있나요? 영원히 기억될 그들의 사랑 이야기는 너무나 낭만적이고 멋집니다. 모두들 이런 사랑을 꿈꾸고 원하겠죠. 저 역시 그렇고요. 이들의 사랑처럼 거창하지는 않더라도, 동반자의 존재는 그 자체로 너무 감사한 일입니다. 서로를 향한 마음이 있다는 것, 사소한 것이라도 알기 위해 노력한다는 것, 호흡과 리듬을 맞추고 행복한 일상을 위해 존중하는 것, 서로의 세계를 넓혀 성장을 돕는 것, 작은 취미도 함께하며 감정을 공유하는 것. 이 모든 마음은 작은 행동에서 시작됩니다.

그러니 지금 사랑하는 사람과 이야기를 나누세요. 그의 마음속에 들어가 보세요. 아주 사소한 것이라도 관심을 가져 보세요. 작은 관심이 끊임없이 이어진다면, 우린 서로의 성장을 도우면서 같은 방향을 향해 나아가는 훌륭한 동반자가 될 수 있을 겁니다.

종종
꺼내 보고 싶은 마음

아플 때 병 속에 담긴 약을 꺼내 먹는다. 그렇듯 나와 당신 관계도 그럴 수 있을까? 당신의 미소와 눈빛과 내음, 그리고 웃음소리를 내 마음이란 푸른 병 속에 담아두었다가 당신 그리울 때마다 한 알씩 먹을 수 있을까. 그렇게 사랑의 상처가 저미듯 아파올 때마다 불면으로 잠이 안 오고, 슬픈 비 내릴 때마다 당신에 대한 내 그리움을 꺼내 먹을 수 있을까. 그런 사랑은 눈물로만이 가슴에 삼켜진다.

100만 부가 넘게 팔린 베스트셀러『국화꽃향기』로 잘

알려진 김하인 작가의 소설 『소녀처럼』에 나오는 글입니다. 사랑에 관한 작가 특유의 감성이 잘 묻어나는 문장이죠. 이 소설에는 중간중간 사랑에 관한 시처럼 유려한 글들이 나오는데요. 이 글도 그중 하나입니다.

이 글을 보고 누군가가 떠오르지 않으셨나요? 사랑하는 이와의 소중한 감정과 추억들을 병 속에 담아 그리울 때마다 꺼내어 보고 싶은 마음, 사랑을 해봤다면 누구나 공감할 감정을 표현한 이 글은 읽을 때마다 마음을 부드럽게 만들어주는 것 같습니다.

아마 고등학생 때였을 겁니다. 처음으로 누군가를 열병처럼 좋아하는 경험을 한 건. 예쁜 편지지에 좋은 글귀와 마음을 담아 전하기도 했고, 멀리서 그 아이의 행동 하나하나에 웃음을 짓기도 했습니다. 간혹 수업 시간에 같은 조가 되어 무언가를 같이 할 수 있을 때면, 세상을 다 가진 듯 행복했었죠. 밤새 그 아이만 생각하며 잠을 뒤척이기도 했고, 어떻게 고백해야 내 마음을 받아줄까 고민하며, 머릿속으로 수백 번 고백을 했었던 것 같습니다. 그때는 모든 사랑 이야기가 제 이야기 같았습니다. 수많은 시와 소설을 읽어가며 제 마음을 대신해 줄 좋은 글귀를 찾으려 노력했죠. 비록 시간이 흘러 그 마음은 어딘가로 사라졌지만, 그때의 습관이 지금의 저를 만들었으니 우연히 만나면 "고맙다. 네 덕분이야"라고 말해주고 싶습니다.

이렇듯 누구에게나 사랑에 관한 경험이 있겠죠. 첫사랑일 수도 있고 이루어지지 않은 옛사랑일 수도 있고 지금 옆에 있는 사람과의 사랑을 떠올릴 수도 있고요. 꼭 연인과의 사랑이 아니더라도, 우정이나 여행에 관한 기억도 우리 마음에 사랑을 샘솟게 합니다. 바쁜 세상에 휩쓸리듯 살다 보면, 어느새 마음은 무뎌지고 마는데요. 어떤 것이든 이런 감정들을 너무 잊고 살면 안 된다고 생각합니다.

가끔 이런 감성을 떠올리면, 괜히 웃음도 나고 삶에도 활력이 생깁니다. 옛 시절로 돌아가 느끼는 감정들이 '그래, 그때 그런 일도 있었지' 하며 메마른 마음을 단비처럼 촉촉하게 적셔주니까요.

인생에서 가장 중요한 건 당신이 기억하는 것들이다.

영화감독 장 르누아르는 기억에 대해 이렇게 말했습니다. 저 역시 그 말에 동의하는데요. 가끔씩 즐거운 옛 기억을 떠올리는 일을 좋아하기 때문입니다. 지난여름 어느 화창한 날, 길을 걷다 문득 고등학교 시절 성당에서 수련회를 갔던 기억이 떠오르더라고요. 땅에서 올라오는 후끈한 열기와 여름 냄새, 찌르르 울리는 매미 소리가 저를 그때의 수련회장으로 데리고 간 느낌이었어요.

그 순간의 추억을 공유하고 싶어, 당시 친했던 친구에게 간만에 전화를 걸어 안부를 물었죠. 그리고 너도 그때를 기억하냐고, 지금 길을 걷다 문득 그때 생각이 났다고 말했습니다. 그 친구도 가끔 자기도 그런 생각을 한다며 웃었고, 한동안 대화를 이어갔죠. 대화만으로 어린 시절로 돌아간 것 같아 너무 행복했습니다.

저는 사랑이 연인 사이의 것만은 아니라고 생각합니다. 사랑은 다양한 모습으로 존재하죠. 김하인 작가의 글처럼 마음이란 푸른 병 속에 쌓아둔 추억들일 수도 있고, 지금 눈앞의 일상에 숨어 있을 수도 있죠. 그게 무엇이든 마음속에 사랑할 것들, 기억할 것들을 품고 산다면 우리의 마음도 조금 더 따뜻해지지 않을까 생각합니다. 그래서 종종 삶이 뜻대로 흘러가지 않을 때, 지치고 힘겨울 때, 여러 사랑의 모습을 꺼내 위로를 얻을 수 있기를 바랍니다.

그거 알아? 사람들은 뒷모습에도 다 표정이 있다? 가끔 연오는 아리송한 말을 했다. 맨 뒷자리에서 조용히 그림을 그리던 연오는 특히 반 아이들의 뒷모습을 연습장에 옮기는 걸 좋아했다. 주란은 간혹 수업 시간에 나란히 앉아 있는 반 아이들의 뒤통수 하나하나를 뚫어져라 쳐다보며 연오를 따라 해 봤지만, 까만 머리카락만 보일 뿐이었다. 연오 눈에는 보이겠지, 그렇게 믿을 따름이었다. 어떤 날엔 사람의 뒷모습을 여유 있게 보고 싶어서 일부러 한 발짝 느리게 걷는다는 연오의 걸음걸이에 맞춰 나란히 걷기도 했다. 그때쯤 주란은 처음으로 끝에서 두 번째라 다행이라고 생각했다. 연오가 주란의 뒷모습을 보고 있다는 사실 하나만으로 덜 외로울 수 있었다.

황유미 작가가 『언유쥬얼』이라는 문학잡지에 쓴 뒷모습에 관한 글입니다. 저 역시 글을 몇 편 기고했던 잡지이기도 한데요. 이 글을 보면서, 가만히 사랑하는 사람들의 뒷모습을 떠올려보게 됐습니다. 예전에 이런 이야기를 들은 적 있습니다. 상대가 나를 얼마나 사랑하는지 알고 싶다면, 인사를 나누고 몇십 미터 걸어간 다음에 다시 뒤를 돌아보라고요. 그때 상대가 그 자리에 서서 나를 계속 지켜보면 정말 많이 사랑한다는 내용이었습니다.

설마 위의 테스트를 연인에게 해봤다가 괜히 실망하는 분은 없으시겠죠? 중요한 건 누군가가 나의 뒷모습마저 따스한 표정으로 바라봐 준다고 생각하면 왠지 위로가 되고 마음이 포근해진다는 겁니다. 그런 사람이 있다면, 황유미 작가의 말처럼 우리가 덜 외로울 수 있고 좀 더 힘을 내서 살아갈 수 있다는 생각이 듭니다.

종종 나의 뒷모습을 바라봐 주는
사랑하는 이들의 표정을 떠올려 보세요.
자식의 뒷모습을 바라보는 부모의 눈빛에,
연인이 탄 버스가 떠나는 것을 아쉬워하는 표정에,
술 한 잔으로 위로를 건네며 어깨를 두드리는 손에,
수많은 순간에 담긴 무수한 사랑을 되새겨 보세요.

우리가 사랑을 간직하는 사람이 되면 좋겠습니다.
살면서 주고받았던 사랑들을 기억하고,
그것을 추억 삼아 계속해서
또 다른 사랑을 나누었으면 좋겠습니다.
사랑이 필요한 모든 순간, 그 사랑을 꺼내 보며
메마른 마음을 어루만질 수 있게 말이죠.

사랑을 하니
우주가 생겼다

괜히 그런 날이 있습니다. 일과를 마치고 집으로 돌아가는 발걸음이 무겁게만 느껴지는 날이요. 분명 온종일 바쁘게 지냈음에도, 공허감에 모든 것이 무의미해지는 순간. 마치 인생의 방향을 잃고 헤매는 듯한 기분이 들 때, 여러분은 어떻게 하시나요?

저는 그럴 때 오랜 친구를 찾습니다. 그것은 옛 동네 친구일 때도 있고, 사회에서 만난 직장 선후배일 때도 있으며, 심지어 과거에 즐겨 읽던 책 속 문장이 될 때도 있습니다. 그렇게 오랜 벗과 대화를 나누고 나면, 저의 심정을 시시콜콜 털어놓지 않아도 왠지 조금은 편안해집니다.

나이가 들수록 이렇게 마음을 기댈 수 있는 진정한 벗이 꼭 필요하다는 생각을 합니다. 여러분은 어떠신가요? 힘들고 지칠 때, 의지가 되고 용기와 위로를 주는 그런 친구가 있으신가요? 만나기 전부터 미소가 지어지고, 함께 있어도 편안한 그런 존재 말입니다.

밤을 새워 얘기를 나누거나 같이 자거나 여행을 하지 않아도, 매일 조금씩 느끼지 못할 정도로 조금씩 서로를 배려하는 것만으로도 굳건한 신뢰의 성이 생긴다는 것을. 너무 젊어 기운이 넘쳤던 시절에는 그렇게 담담한 인간관계를 알지 못했다.

요시모토 바나나의 소설 『스위트 히어애프터』에 나오는 문장입니다. 꼭 뜨겁게 열정을 불태우지 않아도 소중한 관계일 수 있다는 것을 이 글을 통해 또 한 번 느낍니다. 여러분은 "매일 조금씩 느끼지 못할 정도로 조금씩 서로를 배려하는 것만으로도, 굳건한 신뢰의 성이 생긴다"라는 말에 공감하시나요?

어떤 사람들은 뜨거운 열정이 사라지면, 관계 역시 의미가 없어진다고 착각하곤 합니다. 하지만 살다 보면, 아주 뜨겁진 않아도 서로 배려하며 마음을 주고받을 수 있는 관계가 몹시 간절해집니다. 그런 관계야말로 아픔을 혼자 삼키고 상처 속을 헤매고 있을 때, 우리에게 기꺼이 손을 내밀어주기 때문입니다.

인생을 덜 외롭고, 좀 더 의미 있게 사는 방법은 간단합니다. 그런 은은하면서 따뜻한 존재, 언뜻 의미가 없다고 생각하는 것들의 가치와 의미를 깨닫는 것이지요.

하찮고 의미 없다는 것은 말입니다. 존재의 본질이에요. 언제 어디에서나 우리와 함께 있어요. 심지어 아무도 그걸 보려 하지 않는 곳에도, 그러니까 공포 속에도, 참혹한 전투 속에도, 최악의 불행 속에도 말이에요. 그렇게 극적인 상황에서 그걸 인정하려면, 그리고 그걸 무의미라는 이름 그대로 부르려면 대체로 용기가 필요하죠. 하지만 단지 그것을 인정하는 것만이 문제가 아니고, 사랑해야 해요. 사랑하는 법을 배워야 해요. 여기, 이 공원에, 우리 앞에, 무의미는 절대적으로 명백하게, 절대적으로 무구하게, 절대적으로 아름답게 존재하고 있어요. 그래요. 아름답게요.

밀란 쿤데라의 『무의미의 축제』는 아주 짧은 소설이

지만, 굉장히 깊이 있는 메시지를 담고 있습니다. 우리는 목적 없이 태어나고 살아갑니다. 그리고 한 사람도 예외 없이 늙고 병들어 죽게 되죠. 모두가 자유의지를 갖고 산다고 생각하지만, 정작 돌이켜보면 인생에서 우리의 뜻대로 되는 것은 그리 많지 않습니다. 이렇게 생각하면 왠지 산다는 것 자체가 허무해질 때가 있지요.

저 역시 그런 적이 있습니다. 특히 몹시 노력했던 일이 형편없는 결과로 돌아왔을 때, 인생이 허무하게 느껴지고 더 이상 열심히 살 필요가 있는지 회의감도 들었습니다. 그러다 문득 이 책을 접하게 되었고, 책장을 덮을 때쯤엔 '무의미의 축제'의 의미를 깨닫게 되었습니다. 인생이 무의미하다는 것은 가치 없다는 뜻이 아닙니다. 오히려 그 반대죠. 이 세상 모든 것에 '내'가 의미를 부여할 수 있다는 것, 무의미한 것들에 내가 의미를 부여해 '축제'로 만들 수 있다는 겁니다. 심지어 상실과 슬픔마저도요.

여기 미술관 한편에 사탕 더미가 있습니다. 관람객들은 이걸 얼마든지 가져갈 수 있고, 그렇게 사라진 사탕 더미는 다음 날 다시 채워지죠. 바로 현대 미술가 펠릭스 곤잘레스 토레스의 〈무제〉라는 작품입니다.

펠릭스 곤잘레스 토레스, 〈무제(Untitled)〉, 1991, 시카고 아트 인스티튜트
ⓒKen Lund

　이 작품은 대체 무슨 의미가 있을까요? 사실 토레스에게는 8년이나 함께한 연인이 있었습니다. 그런데 그만 병으로 세상을 떠나고 말았죠. 그는 큰 상실과 슬픔에 빠지게 되었지만 연인이 세상을 떠났다고, 사랑 역시 끝나버린 걸까요? 토레스는 아니라고 생각했고, 마침내 이 연작을 시작했습니다.

　이 작품에서 중요한 건 사탕 더미의 무게입니다. 정확

히 79.3킬로그램이죠. 전시가 진행되는 동안 관람객들은 사탕을 가져갔고, 그렇게 부족해진 사탕의 무게는 매일 아침 다시 채워집니다. 대체 이 작품에 무슨 의미가 있는 걸까요?

사탕 더미의 무게인 79.3킬로그램은 바로 작가의 연인의 체중이었습니다. 이 작품은 마치 이렇게 말하고 있는 것 같아요. 시간이 연인을 갈라놓을 순 있다(작품이 전시되는 동안 사탕이 사라지는 것). 하지만 그것이 사랑이 회복되고 영원히 기억되고 이어지는 것까지 막을 순 없다(매일 아침 사탕의 무게가 다시 회복되어 채워지는 것). 작가는 연인을 잃은 슬픔에 빠져 자신을 해치는 대신, 상실마저도 예술로 승화시켜 자신들의 사랑을 더욱 아름답게 빛냈던 것입니다.

몇 년 전, 소확행이라는 말이 유행했었습니다. 작지만 확실한 행복, 우리 삶을 행복하게 만드는 것들은 사실 거창한 것들이 아닙니다. 일상의 작은 기쁨들이죠. 가족과 함께하는 저녁, 연인이나 친구와 나누는 대화, 계절이 느껴지는 바람 같은 것을 가치 있게 여길 수 있다면, 우리는 인생의 덧없음에 좌절하는 대신 오히려 그것을 사랑하는 법을 배우게 될 겁니다. 서로 몰랐던 사람이 둘도 없는 연인이 되고 친구가 되는 것처럼, 무의미한 것에 의미가 생길 때, 그 가치는 더욱 빛나게 되는 법이니까요.

일상을 빛나는 사랑으로 채워나갈 분들에게 마지막으로 마거릿 애트우드의 시 「잠의 변주」에 나오는 한 문장을 건네드리고 싶습니다.

> 내가 사랑하는 남자는
>
> 길이 없고 막막하다고 느낄 때
>
> 사방이 막혀 있다고 느낄 때
>
> 나의 좁다란 마음에 커다란 우주를 달라고 빌었나.
>
> 나는 그를 사랑하지 않을 수 없었고
>
> 사랑하게 되니 그에게 우주가 생겼다.

문득
네 생각이 나면

커피에

설탕을 넣고

크림을 넣었는데

맛이 싱겁네요

아!

그대 생각을 빠뜨렸군요.

이번에는 윤보영 시인의 「커피」라는 시로 문을 열어

봅니다. 가만히 읊고 있으면 마음이 몰랑몰랑해지는, 사랑하는 이에게 들려주고 싶은 한없이 사랑스러운 시입니다.

사회에 나와 살다 보면 각박하고 팍팍한 순간에 자주 부딪히게 됩니다. 그러면 어느새 어릴 때의 감성을 잃고 메마른 삶을 살게 되죠. 돌이켜보면 누구나 한두 번쯤 설레어서 잠을 설치기도 하고 낭만적인 사랑을 꿈꾸었을 텐데 말입니다. 사랑하는 사람 앞에서 우물쭈물했던 기억, 고백하기 위해 머릿속으로 수없이 예행연습을 했던 기억도 있으셨을 겁니다.

제게도 그런 순간이 있습니다. 몇 번의 소개팅 끝에 정말 마음에 드는 분을 만났는데, 이때가 딱 세 번째 만남이었습니다. 이미 고백하기로 마음을 먹었던 저는 몇 번이나 타이밍을 재다, 마침내 마구 뛰는 가슴을 간신히 진정시키고 진지하게 물었습니다.

"저… 이제 저희 진지하게 만나보는 건 어때요?"

하지만 돌아온 대답은 저의 예상과 달랐습니다. 분명 세 번을 만나는 동안 서로 느낌도 좋았고 대화도 잘 통했는데도 말입니다.

"음, 세 번 만에 결정할 건 아닌 것 같은데요. 적어도
열 번은 만나봐야 어떤 사람인지 알지 않겠어요?"

예상 밖의 대답에 살짝 당황했지만, 저는 열 번을 더
만나기로 했습니다. 일단 거절을 당한 것도 아니었고, 이
정도 퇴짜로 물러설 순 없었죠. 그렇게 여러 번의 만남을
더 거쳤습니다. 하지만 열 번은 아무래도 길었습니다.

결국 여덟 번째 만나는 날, 저는 큰마음을 먹고 아버
지께 차까지 빌렸습니다. 그리고 저녁을 먹은 뒤 그녀를
태우고 북악 팔각정으로 향했죠. 그날따라 날씨도 맑아서
야경이 그렇게 예쁠 수 없었습니다. 그렇게 팔각정에서 야
경을 보고 차로 돌아온 뒤, 이제 서로의 집으로 돌아가야
했지만, 저는 출발하지 않았습니다. 제 딴에는 배수의 진
을 치는 심정으로 이렇게 말했죠.

"오늘부터 나랑 만나줘. 아니면 출발 안 할 거야. 어떻
게 할래?"

과연 그녀의 대답은 어땠을까요? 그날 저와 그녀는 팔
각정을 무사히 내려왔을까요?

생각이 나서.

난 이 말을 참 좋아해요.

왜 전화했어? 용건이 뭐야? 왜 주는 건데?

이렇게 물어보는데

- 생각이 나서 전화했어.

- 오늘은 세 번 생각이 나서 문자 보내요.

- 네 생각이 나서 샀어.

이런 대답이 돌아오면

따뜻하고 부드러워져요.

갑자기, 온 세상이.

수가 몰래 놓고 간 딸기맛 비타민c

여리가 주고 간 헤어 에센스와 색색 가지 초들.

양이 갑자기 싸 들고 온 밑반찬들.

티가 보내준 앨범과 사진,

누군가 슬쩍 밀어놓고 간 마음 한 조각,

그렇게 작고 예쁜 것들을 생각하면

나날이 크리스마스 같아요

황경신 작가의 에세이 『생각이 나서』의 한 문장입니다. 개인적으로 참 좋아하는 작가이기도 하고, 감성이나 문체 면에서 영향을 참 많이 받기도 했습니다. 지금도 책을 꺼내 읽을 때마다 제 가슴을 뛰게 만드는 문장으로 가득한 책이죠. 아마 제가 책장에서 가장 자주 꺼내본 책이 아닐까 싶어요. 특히 이 문장은 누군가를 생각하는 예쁜 마음이 고스란히 담겨 있습니다.

누군가를 사랑한다면 아낌없이 표현하세요. 꼭 말이 아니어도 됩니다. 편지를 쓸 수도 있고, 아니면 아름다운 문장을 빌려 올 수도 있겠죠. 딸기맛 비타민 C, 색색의 초들, 갑자기 싸준 밑반찬도 훌륭한 표현이 됩니다.

우리는 사랑 표현에 너무 인색한 것 같습니다. 마음을 굳이 드러내는 게 징그럽다는 핑계로, 그러지 않아도 서로 다 안다는 핑계로 표현하지 않는 경우가 많죠. 하지만 아무리 가깝고 사랑하는 사이여도 표현하지 않으면 잘 알 수 없는 게 사람의 마음이더군요. 또 잘 안다고 하더라도, 그걸 다시 표현했을 때 싫어할 사람이 있을까요. 겉으로는 징그럽다며 손사래를 칠지도 모르겠지만, 마음 한편에는 예쁜 사랑이 피어날 겁니다.

또한 상대의 표현에 긍정적인 반응을 보이는 것도 중요합니다. 낯설고 민망할 수 있겠지만 "왜 그래, 무슨 잘못이라도 했지?"라며 퉁명스럽게 답하는 대신 고맙다는 말을 먼저 해보는 건 어떨까요. 생각해 보세요. 사랑하는 사람을 대하는 자신의 모습이 너무 팍팍하진 않았는지 말이죠. 속마음은 아니라고 말할지 모르겠지만, 분명 마음은 겉으로 제대로 표현할 때 더욱 잘 전해집니다.

예전에 재미있게 본 「멜로가 체질」이라는 드라마에서 남자 주인공이자 PD인 손범수(안재홍 분)가 드라마 작가의 대본을 읽고서는 그대로 진행하지 않겠다고 말합니다. 작가는 왜냐고 물어보고, 손범수는 대본이 읽히지 않는다며 이렇게 답합니다. "죄송하지만 뭐랄까. 가슴이 폴짝폴짝 뛰지 않는다고 할까?"

"가슴은 콩닥콩닥 아니야?"라고 퉁명스레 되묻는 작가의 말에 손범수는 다시 답하죠. "뭐 폴짝폴짝이든 덩실덩실이든…"

저는 이 대사들이 참 좋았습니다. 가슴이 콩닥콩닥 뛸 수만은 없죠. 폴짝폴짝 뛰기도 하고 덩실덩실 뛸 수도 있죠. 세상 사람들은 수만 가지 모양의 심장을 가지고 있을 테니, 심장이 뛰는 소리도 다 다르지 않을까요.

그래서 더더욱 우리는 마음을 더 많이, 잘 표현해야 합니다. 상대는 나를 보며 콩닥콩닥 뛴다고 말했는데, 나는 폴짝폴짝 뛰는 마음만 사랑이라고 생각해서 상대의 마음을 오해할 수도 있으니까요.

지금 표현하세요. 계속 표현하세요.
당신을 보면 마음이 살랑살랑거린다고.
당신을 생각하면 가슴이 덩실덩실거린다고.
당신과 함께 있으면 기분이 나풀나풀거린다고요.

한 사람의 의미

"넌 나를 어떻게 생각해?"

"응? 무슨 말이야?"

"말 그대로야. 나를 어떻게 생각하냐고."

술자리에서 친구에게 뜬금없는 질문을 받았습니다. 처음에는 웬 술주정인가 싶었는데, 왠지 모르게 곰곰이 생각하게 되더라고요. 이 친구는 내게 어떤 사람일까? 한참 고민하다가 그냥 편한 친구라 대답했습니다. 그러자 친구는 실망한 표정을 짓더군요. 그래서 한마디 덧붙였습니다.

"야, 편한 친구라는 말을 쓰기가 얼마나 힘든데. 엄청 많은 사람을 만나도 그중에 편한 사람이 몇이나 되겠냐?" 친구는 그제야 웃더군요.

사실 임기응변으로 대답한 말이었지만, 나중엔 스스로 돌아보게 되더군요. 친구가 왜 그런 말을 했을까. 생각해 보니 평소 친구에게 퉁명스럽게만 대하고 마음을 잘 표현하지 않았더라고요. 상대의 입장에서 관계를 생각하는 일이 얼마나 중요한지 알게 됐습니다.

한 사람과 관계를 맺는다는 건 그 사람이 살아온 한 세계와 관계를 맺는 일이자 자신의 세계와 그 사람의 세계가 서로 커다란 영향을 주고받게 되는 일입니다. 이처럼 사람과의 관계에 대해 진지하게 생각하게 만드는 글귀가 있습니다.

사람이 온다는 건

실은 어마어마한 일이다

그는

그의 과거와

현재와

그리고

그의 미래와 함께 오기 때문이다.

한 사람의 일생이 오기 때문이다.

부서지기 쉬운

그래서 부서지기도 했을

마음이 오는 것이다 – 그 갈피를

아마 바람은 더듬어볼 수 있을

마음,

내 마음이 그런 바람을 흉내 낸다면

필경 환대가 될 것이다.

정현종 시인의 「방문객」이라는 시입니다. 저는 이 시를 한 방송을 통해 접했는데, 그때의 충격이 아직도 생생합니다. 광화문 교보빌딩 간판에도 실렸던 시여서, 아마 많은 분에게 익숙할 것 같습니다.

한 사람이 우리에게 온다는 건 정말 어마어마한 일이라는 것, 이 문장은 곱씹을 때마다 참 많은 생각을 하게 됩니다. 사람과 관계를 맺는 일이 얼마나 중요한지, 그 사람의 입장에서 이해한다는 것이 얼마나 필요한지도 깨닫게 됐죠.

우리는 단지 눈에 보이는 상대의 지금 모습하고만 관계를 맺는 게 아니라, 그가 겪어왔을 과거와 앞으로의 미래까지 끌어안게 됩니다. 이렇게 소중한 하나의 관계가 끼칠 엄청난 변화를 생각하면 자연스레 진심을 다하게 됩니다. 물론 모든 만남에 진심을 담기란 쉽지 않지만, 저는 사람을 대할 때 이 시를 떠올리며 진심을 다하겠다고 마음먹습니다.

서로에 대한 이해의 중요성을 알려주는 유명한 커플이 있습니다. 바로 철학자 장 폴 사르트르와 시몬 드 보부아르 커플입니다. 이 커플은 당시는 물론 지금으로서도 굉장히 파격적인 '계약 결혼'으로 유명했습니다. 결혼은 하지만 서로 구속하지 않고, 사랑하는 관계를 지킨다는 조건 아래 각자 다른 사람과 사랑에 빠지는 것도 허락했죠.

이들의 계약결혼은 1929년부터 사르트르가 죽은 1980년까지 무려 50여 년간 이어졌습니다. 이들의 관계에 얽힌 이야기를 나열하면 끝이 없겠지만, 중요한 건 이들이 서로 깊게 이해하고 있었다는 것입니다. 다른 이의 눈에는 이해가 안 될지 모르지만 "사르트르와 나 사이에는 늘 말이 있었어요"라는 보부아르의 말처럼, 끊임없는 대화를 통해 서로를 깊게 이해했습니다. 누구보다 서로에게 솔직했죠.

사람과 사람 사이의 관계를 이어주는 가장 중요한 조건 중 하나는 이해입니다. 이해란 서로의 입장이 완전히 똑같아진다는 뜻이 아닙니다. 상대의 입장을 고려하면서 내 마음도 솔직하게 전달할 때, 우리는 서로를 이해했다고 말하죠. 이런 관계는 한순간에 이루어지지 않습니다. 상호 배려와 진솔한 대화를 통해 쌓은 신뢰가 필수지요.

대학생 시절, '아버지학교'라는 프로그램에 자원봉사자로 참여한 적이 있습니다. 제대로 된 아버지의 역할로 가정을 행복하게 만들자는 취지의 프로그램이었는데요. 여러 강연 중에서 가장 기억에 남는 대목이 바로 '시간과 추억은 비례한다'는 말과 대화의 중요성이었습니다. 당시 한 강사님은 아버지들이 이 강의를 듣고 집에 돌아가면 자신감에 차서 자식들을 쭉 앉혀놓고 이렇게 말할 거라고 지적했습니다. "자, 이제 우리 한번 대화를 해볼까?" 그리고 강사님이 묻더군요. "그런다고 정말 대화가 될까요?"

저는 이 말을 듣자마자 무릎을 쳤습니다. 그렇습니다. 이해가 동반되지 않는 대화로 진정한 소통이 이루어질 리가 없죠. 제가 『내가 원하는 것을 나도 모를 때』에서 밝힌 것처럼, 저와 제 아버지의 관계도 그랬으니까요. 아버지와 아직 서먹하던 시절, 주변에 아버지와 아주 사이좋게 잘 지내는 한 팀장님을 본 적이 있었습니다. 저는 사이좋은 부녀 관계가 낯설어 이렇게 물었습니다. "팀장님은 어떻게 아버지와 그렇게 친하게 지내세요?"

그러자 팀장님은 웃으면서 이렇게 답하더군요. "어릴 때부터 가족이 다 같이 여행을 많이 갔어요. 그때의 추억이 지금도 남아 대화가 끊이지 않는 것 같네요. 서로를 이해하고 친하게 지낼 수 있게 만들어준 시간이었어요."

함께 시간을 보내며 쌓은 추억이 서로를 이해하는 바탕이 된 거죠. 이렇듯 우리의 관계는 순식간에 좋아질 수 없습니다. 천천히 시간을 쌓아 올려야 하죠.

여러분은 지금 사랑하는 사람과 대화를 자주 나누고 있나요? 그 대화 속에는 배려와 이해가 있나요? 아마 잘하고 계신 분도 있고, 그렇지 않은 분도 계실 겁니다. 더욱 노력해야겠다고 결심하는 분도 있겠죠. 늦지 않았습니다. 당장 사랑하는 사람에게 배려와 이해를 나눠주세요. 바로 오늘부터, 첫 번째 추억을 쌓아보세요.

같은 곳을
바라봐 줄 사람

고독해도 괜찮다. 하지만 우리에겐 '고독해도 괜찮다'고 말
해줄 누군가는 필요하다.

저는 혼자 있는 시간을 좋아합니다. 아무리 바빠도 매
일 한두 시간 정도 나만의 시간을 가지면서 책을 읽거나
음악을 듣거나 글을 씁니다. 하지만 돌이켜 보면, 그런 시
간에도 저는 다른 사람과 늘 연결돼 있던 것 같습니다. 혼
자일 때조차 끊임없이 다른 누군가를 떠올리고 있었으니
까요.

저만 그런 건 아닐 겁니다. 앞서 인용한 작가 오노레 드 발자크의 말처럼, 우리는 늘 누군가를 필요로 하니까요. 깊은 슬픔에 잠겨 있을 때도 우리는 사람을 그리워합니다. 사람에 의해 아픔과 슬픔을 겪을 때도 있지만, 상처를 치유해 주는 것도 바로 사람이니까요. 그렇게 위로를 주는 이는 가족이나 친구, 연인처럼 가까운 사람일 수도 있지만, 종종 잘 모르는 사람에게서 더 큰 위로를 받을 때도 있습니다.

저 역시 보통은 가족이나 친구에게 고민거리를 털어놓지만, 가끔은 처음 가는 모임에서 만난 낯선 이들이 더 편할 때가 있습니다. 서로에 대해 잘 모르지만 바로 그 덕분에 서로를 선입견 없이 이해하고, 아픔을 오롯이 받아들이며 마음을 나눌 수 있게 되지요.

어떤 사람, 어떤 형태라도 상관은 없습니다. 다만 당신이 절망과 슬픔에 빠졌을 때, 혼자 힘으로 헤어 나오지 못할 때, 손 내밀어 줄 누군가가 당신 옆에 있기를 진심으로 바랍니다. 살면서 마주하게 될 수많은 어려움 속에서, 기꺼이 서로에게 전부를 내어줄 누군가가 우리에겐 꼭 필요하기 때문입니다.

이런 제 마음을 잘 그려준 시 한 편을 소개하고 싶습니다.

만 리 길 나서는 날
처자를 내맡기며
맘 놓고 갈 만한 사람
그 사람을 그대는 가졌는가

온 세상 다 나를 버려
마음이 외로울 때에도
'저 맘이야' 하고 믿어지는
그 사람을 그대는 가졌는가

탔던 배 꺼지는 시간
구명대 서로 사양하며
'너만은 제발 살아다오' 할
그 사람을 그대는 가졌는가

불의의 사형장에서
'다 죽여도 너희 세상 빛을 위해

저만은 살려두거라' 일러줄

그 사람을 그대는 가졌는가

잊지 못할 이 세상을 놓고 떠나려 할 때

'저 하나 있으니' 하며

빙긋이 웃고 눈을 감을

그 사람을 그대는 가졌는가

온 세상의 찬성보다도

'아니' 하고 가만히 머리 흔들 그 한 얼굴 생각에

알뜰한 유혹을 물리치게 되는

그 사람을 그대는 가졌는가

　함석헌 선생의 「그 사람을 가졌는가」라는 시입니다.
일제 강점기와 군부 독재 시기를 헤쳐나간 위대한 사상가
이자 민권운동가였던 저자는 다방면으로 많은 글을 남겼
지만, 개인적으론 이 시를 가장 좋아합니다. 시의 시대적
배경을 생각하면 좀 더 무겁고 깊은 고뇌가 느껴지지만,
그냥 읽어도 충분히 공감이 되는 시입니다.

　이 시가 얼마나 저의 가슴을 울렸던지, 몇 번을 읽고

또 읽었던 기억이 납니다. 다양한 상황을 제시하면서 독자에게 '그 사람'이 누구인지 찾게끔 만들어주죠. 저는 시를 읽으며 소중한 사람들을 그리워하기도 하고 저 역시 그들에게 그런 사람이었는지 돌아보며 부끄러워하기도 했습니다.

여러분에겐 그런 사람이 있나요? 또 소중한 사람들에게 그런 사람이 되어주고 있나요?

삶을 건강하고 행복하게 만드는 가장 큰 지혜 중 하나는 바로 자신의 관계를 점검하는 일입니다. 내가 잘 살아가고 있는지 알려면, 주변 사람들을 살펴보면 됩니다. 여러분 곁에는 떠올리기만 해도 행복한 사람이 있나요? 아니면 생각할수록 불행하고 슬퍼지는 사람들이 많나요?

앞선 시의 구절처럼 "온 세상의 찬성보다도 '아니' 하고 가만히 머리 흔들 그 한 얼굴 생각에 알뜰한 유혹을 물리치게 되는 그 사람"이 곁에 있다면 인생이 얼마나 든든할까요? 흔히 사람들은 어떤 상황에서도 무조건 나를 응원해 주고 믿어줄 사람이 있기를 바랍니다. 물론 그런 사람도 중요하지만 가끔 우리가 잘못된 길을 걸을 때, 심지어 그 잘못된 길이 옳다고 세상 모든 사람이 말해도, 다시 원래의 너의 길을 잘 걸어가라고 따끔하게 충고해 줄 수 있는 사람이 곁에 있다면 정말 행복할 겁니다.

함석헌 선생의 시를 읽을 때마다 신기하게 머릿속에 떠오르는 그림이 있습니다. 바로 이만익 화백의 〈소나기〉라는 작품이죠. 한국적 서양화의 거장이라고 불리는 이만익 화백은 '지극히 한국적인 것이 바로 세계적인 것'이라는 일념 아래 작품 활동을 하셨던 분입니다. 언젠가 이만

이만익, 〈소나기〉, 2007, 엠케이컬렉션 제공

익 화백은 "나는 인간의 좋은 면만 보여주는 것이 예술의 본질이라고 생각한다"라고 이야기한 적이 있는데요. 저는 그 말이 참 인상적이었습니다.

그림을 보고 어떤 생각이 드시나요. 저는 순진무구한 둘의 모습에서 황순원의 소설 『소나기』가 떠올랐는데요. 같은 표정과 자세로 같은 곳을 물끄러미 바라보는 모습에서, 이게 바로 서로에게 '그 사람'이 되어준다는 것이구나 하는 생각에 참 보기가 좋았습니다.

서로 같은 곳을 바라본다는 것, 그 사람과 같은 표정과 자세를 갖는다는 것은 어떤 의미일까요? 우리는 다른 사람의 마음을 온전히 다 알 수 없습니다. 설령 아무리 가까운 사람이라도 말이죠. 하지만 이해하려고 끊임없이 노력할 수는 있습니다. 서로에게 호기심을 갖고 관심사를 공유하며 추억과 경험을 계속 쌓아가는 거죠.

'그 사람'을 갖기 위해서는 이처럼 오랜 노력과 시간이 필요합니다. 그림처럼 같은 표정과 자세로 한곳을 바라보는 관계란, 그렇게 서로를 있는 그대로 느끼고 이해하려 노력한 오랜 시간의 결과인 거지요.

관계란 그렇습니다. 서로에게 영향을 주며 함께 좋은

방향으로 걸어가는 것. 서로의 좋은 면을 바라봐주고 그걸 더 좋게 만들어주는 것이죠. 이문재 시인은 「어떤 경우」라는 시에서 그런 관계에 대해 이렇게 이야기합니다.

어떤 경우에는
내가 이 세상 앞에서
그저 한 사람에 불과하지만

어떤 경우에는
내가 어느 한 사람에게
세상 전부가 될 때가 있다.

어떤 경우에도
우리는 한 사람이고
한 세상이다.

살면서 참 많은 관계를 맺어왔습니다. 어떤 관계는 변치 않으리라 굳게 믿었지만, 생각보다 쉽게 부서지기도 했습니다. 시간이 지나도 유리 파편처럼 여기저기 남아 때때로 가슴을 찌르기도 했죠. 어느 순간 수명을 다했지만, 잊히지 않는 그리움으로 남아 있는 관계도 있습니다. 나쁘다가 좋아진 관계도 있고, 처음부터 변함없이 제 곁을 단단히 지켜주는 관계도 있습니다.

좋은 관계도 나쁜 관계도 있겠지만, 분명한 건 그 모든 관계가 지금의 저를 만들었다는 겁니다. 시인의 말처럼 우리에겐 어느 순간, 단 한 사람에 불과해도 곧 세상 전부가 되는 인연이었으니까요.

우리 모두 곁에 있는 소중한 사람들에게 '그 사람'이 되어주기로 해요. 우리가 살아오면서 많은 도움을 받고 위로를 받았던 것처럼, 다른 사람에게도 그런 사람이 되어주는 겁니다. 그건 별다른 게 아닙니다. 그저 곁을 내주고 말을 들어주는 것만으로 누군가는 삶을 살아갈 기운을 얻고 희망의 빛을 볼 수 있습니다.

그렇게 서로에게 '그 사람'이 되어줄 수 있다면,
같은 표정으로 같은 곳을 봐줄 수 있다면,
기꺼이 세상 전부가 되어줄 사람이 있다면,
우리 삶은 그 어떤 어려움을 마주하더라도
결코 빛을 잃지 않을 것입니다.

말하지 않아도
아는 것

　우리가 지금 사랑하고 있는 모든 것에 대한 사랑도 우리는 그런 방식으로 배워왔다. 결국 우리는 생소한 것에 대해 선의와 인내, 공정함과 온후함을 베푼 보상을 받게 된다. 생소한 것이 천천히 자신의 베일을 벗고 말할 수 없이 새롭고 아름다운 자신의 모습을 드러내는 것이다. 이것이 우리의 친절에 대해 그것이 보내는 감사다. 자기 자신을 사랑하는 사람도 이런 길을 거쳐 사랑을 배웠을 것이다. 그 외의 다른 길은 전혀 없기 때문이다. 우리는 사랑도 배워야만 한다.

저는 종종 철학책을 꺼내 읽습니다. 깊게 공부하지는 않은 터라 완전히 이해하지 못할 때도 많지만, 종종 다른 책에서는 얻지 못하는 큰 깨달음을 주기 때문입니다. 책이란 우리 안의 꽁꽁 언 바다를 깨는 도끼여야 한다는 카프카의 말처럼 말이죠.

이 글의 앞부분에서 인용한 문장은 철학자 니체의 『즐거운 학문』에 나오는 한 구절입니다. 아포리즘이라 불리는 짧지만 깊이 있는 단상들로 이루어져 있어, 언제 어디든 자유롭게 펼쳐 읽을 수 있습니다. 특히 저는 이 구절을 매우 좋아하는데요. 우리가 왜 다른 사람들과 관계를 맺어야 하는지, 또 왜 사랑이 중요한지 알려주기 때문입니다.

이 문장을 읽다가 신기하게도 책상 옆에 놓인 화분에 눈이 갔습니다. 그제야 니체가 말하는 사랑도 배워야만 한다는 의미를 깨달을 수 있었습니다. 처음에 선물 받았을 때 화초에 대해서 별다른 생각이 없었지만, 물을 주고 돌보면서 잎이 점점 풍성해졌고, 애정도 생겼습니다. 그리고 어느덧 화초와의 관계를 통해 마음을 위로받는 제 자신을 발견했습니다. 식물이든 동물이든 우리는 어떤 존재와 이렇게 관계 맺고 마음을 주고받을 때, 비로소 사랑하는 법을 배울 수 있습니다.

너는 네가 길들인 것들에 대해 언제까지나 책임이 있어. 너는 네 장미에 대해 책임이 있어.

생텍쥐페리의 『어린왕자』에 나오는 문장입니다. 어린왕자는 자신의 별에서 성격이 까다로운 장미를 한 송이 키우고 있었는데, 지구에서는 그와 비슷한 장미가 엄청나게 많다는 사실을 깨닫고 큰 충격을 받습니다. 하지만 여우와 관계를 맺으면서 중요한 건 대상 자체의 특별함이 아니라는 걸 깨닫습니다. 내가 그 대상과의 관계를 얼마나 특별하고 소중하게 여기는가가 더 중요했지요.

이것은 책임과도 연결됩니다. 사랑에 책임을 지는 것이 바로 사랑을 특별하게 만드는 요소이기 때문입니다. 말로만 사랑한다고 하면서, 정작 소중한 존재에게 상처만 주고 무책임한 태도를 보인다면 사랑의 진짜 의미를 모르는 사람입니다.

책임이란 거창한 게 아닙니다. 식물을 기르는 것과 비슷하다고 생각해요. 저는 집에서 많은 반려 식물을 기르는데요. 매일 물을 주고 햇볕을 쬐어줘야 하는 식물도 있고, 관심을 많이 주지 않아도 잘 자라는 식물도 있습니다.

중요한 건 식물의 특성에 맞게 관심을 주어야 한다는 거죠. 매일 물을 줘야 하는 식물에게 한 달에 한 번 물을 주거나, 한 달에 한 번 물을 줘야 하는 식물에게 매일 물을 준다면 어떻게 될까요? 두 식물 모두 죽고 말겠죠. 사람도 비슷하다고 생각합니다. 상대가 필요한 만큼의 관심과 애정을 꾸준히 주는 것, 그것이 바로 책임이며, 관계를 아름답고 풍성하게 꽃피울 수 있는 길입니다.

어떤 사람들은 제게 이렇게 묻습니다. 말도 못 하는 식물에 왜 그렇게 관심과 애정을 쏟으냐고 말이죠. 그럴 때마다 저는 이렇게 답합니다. "식물들의 존재 자체가 나에게 큰 사랑을 주고 있어서요"라고요.

개인적으로 집에서 키우는 식물 중 올리브 나무를 가장 아끼는데요. 매우 작았던 것을 3년 전에 데리고 와서, 정기적으로 가지치기도 하고 이리저리 돌려가며 애지중지 키우고 있죠. 처음에는 잘 자랄 수 있을까 걱정이 됐는데, 한 해 한 해 지날 때마다 푸르른 잎사귀가 더욱 풍성해지는 모습을 보면 여간 행복할 수 없습니다. 말도 할 수 없고 온기를 전해주지도 않는 식물이지만, 제게 너무나 큰 행복을 주는 존재입니다. 잎사귀 하나하나가 저에게 말을 거는 것 같을 때도 있고요.

반려 식물에 대한 애정을 표현한 김에 제가 좋아하는 문장도 하나 소개하고 싶습니다.

한 사람이 오직 정신적, 육체적 힘만으로 황무지에서 이런 가나안 땅을 이룩해 낼 수 있었다는 것을 생각하면 나는 그 모든 것에도 불구하고 인간에게 주어진 힘이란 참으로 놀랍다는 것을 깨닫게 된다. 위대한 혼과 고결한 인격을 지닌 한 사람의 끈질긴 노력과 열정이 없었던들 이러한 결과는 있을 수 없었을 것이다.

장 지오노의 소설 『나무를 심은 사람』의 문장입니다. 아주 짧은 소설이지만 전 세계 많은 독자에게 큰 울림을 준 책이죠. 어느 양치기 할아버지가 황무지가 된 땅에 매일 100개의 도토리 씨앗을 심고 나무를 돌보는 이야기인데요. 온갖 고난 속에서도 변함없이 자신이 할 일을 해낸 결과, 아름다운 숲이 생기고 땅은 윤기를 되찾아 사람들이 다시 모여들게 됩니다. 양치기 할아버지는 앞서 니체가 말한 선의와 인내를 가진 사람이었고, 그로 인해 아름다운 결실도 얻게 된 것이죠.

피천득 시인은 『인연』에서 이렇게 이야기합니다.

나의 생활을 구성하는 모든 작고 아름다운 것들을 사랑한다.
고운 얼굴을 욕망 없이 바라다보며 남의 공적을 부러움 없이
찬양하는 것을 좋아한다. 여러 사람을 좋아하며, 아무도 미워
하지 아니하며, 몇몇 사람을 끔찍이 사랑하며 살고 싶다.

너무도 순수하고 아름다운 글입니다. 말로 다 표현할
수 없는 다양한 것에서 우리는 사랑을 느낄 수 있습니다.
그 대상이 사람일 수도 있고, 강아지나 고양이, 식물일 수
도 있죠. 어떤 대상이든, 중요한 건 우리가 좀 더 많은 것
을 사랑하며 살아가면 좋겠다는 겁니다. 누군가를 미워하
고 비난하는 대신, 더 많은 사랑을 주고받았으면 좋겠습니
다. 왜냐하면 오직 사랑만이 우리를 더욱 단단하게 만들어
주기 때문입니다.

당연한
관계는 없다

우리는 자주 가까운 사람의 소중함을 잊습니다. 늘 변함없이 곁을 지켜주는 이들을 그만 당연한 것으로, 안일하게 생각하는 거죠. 가족, 친구, 연인, 직장 동료까지… 돌아보면 내가 잘나서 나를 지지하고 믿어준 게 아닌데 말입니다.

그렇게 관계에 소홀하다 보면, 어느새 상대가 상처를 입고 마음의 문을 닫기도 합니다. 저 역시 그렇게 친구를 잃은 적이 있었죠. 갑자기 멀어진 친구에게 서운함을 표현하기도 했지만, 사실 잘못은 제게 있었습니다. 아마 누구나 살면서 한두 번은 겪을 수밖에 없는 성장통이겠지만, 사람을 한결같이 대하기란 참 쉽지 않은 것 같습니다.

하지만 이 말이, 곧 다른 사람들에게만 잘하고 나에게는 소홀해도 된다는 말은 아닙니다. 모든 관계에서 으뜸은 바로 나 자신과의 관계입니다. 세상에 당연한 관계가 없다는 말은, 다시 말해 나 역시 나에게 당연한 존재가 아니라는 뜻입니다. 당연하게 우선순위에서 미루거나 방치하지 말고, 계속해서 아끼고 돌봐줘야 합니다. 내 마음이 지치고 불편하면, 다른 그 어떤 관계도 의미가 없어지니까요. 당연히 소중한 사람도 잘 챙길 수 없게 되지요.

연애라는 건 좀 이기적인 거야. 제삼자의 행복을 바라고 당장 눈앞의 상대와 올린 결혼이 10년이든 15년이든 행복하게 지속될 수 있다니, 그건 네가 연애를 너무 쉽게 보는 거야. 다른 누군가를 위해서가 아니라 자기 자신과 눈앞의 상대를 위해 행복해지고 싶다는 이기적인 감정이 아니면 결혼은 지속할 수 없어. 세월이 제아무리 여과시켜도 변하지 않을 한 점의 이기심을 관철시키는 일이 필요해.

"너를 행복하게 해 줄게"라는 말 뒤에 "내가 행복해지지 않으면 너도 행복해질 수 없다"는 신념이 따르지 않으면, 같은 상대와 반평생을 함께할 수 없는 일이라고.

노자와 히사시의 소설 『연애시대』에 나오는 문장입니다. 꽤 오래전 소설이지만 드라마화될 만큼 인기가 많았고, 우리나라에서도 동명의 드라마로 리메이크된 적이 있습니다. 배우 감우성 씨와 손예진 씨가 열연을 펼쳤죠. 저역시 이 드라마에 빠져서 원작 소설까지 찾아 읽게 됐습니다.

소설 속 주인공들은 앞에서 소개한 글처럼 이기적인 면모도 많습니다. 결국, 자신의 행복을 위해 다른 사람에게 상처를 주기도 해요. 하지만 바로 그런 솔직한 모습 때문에 공감이 많이 되는 것도 사실입니다. 소중한 사람을 위해서라도, 함께 행복해지기 위해서 나의 소중함을 잊지 말아야 하는 거죠. 우리가 사랑하는 사람에게 건네는 "너를 행복하게 해줄게"라는 말에는 "그리고 나도 행복하고 싶어"라는 말이 포함되어 있다고 생각합니다. 다시 말해, 행복의 주체는 오로지 너인 것도 아니고, 오로지 나인 것도 아닙니다. 바로 '우리'가 되는 거지요.

이처럼 사랑이란 서로 다른 두 사람을 하나로 엮어줍니다. 너의 행복을 바라기에 동시에 나의 행복도 바라게 되는 거죠. 결혼 전, 우리는 사랑하는 사람에게 반지를 건네며 청혼을 합니다. 이 풍습은 고대 로마 시대부터 내려왔는데, 왼손 약지손가락의 혈관이 심장과 연결되었다는 믿음에서 만들어졌다고 합니다. 서로의 약지에 반지를 끼움으로써, 서로의 심장이 멎는 날까지 변하지 않는 사랑을 하겠노라 약속하는 것이지요. 여러분은 어떤가요? 나 자신에게, 그리고 곁에 있는 소중한 사람에게 후회하지 않을 사랑을 하고 계신가요?

> 세상에서 진실로 두려워해야 하는 것은 눈이 있어도 아름다운 걸 볼 줄 모르고, 귀가 있어도 음악을 듣지 않고, 또 마음이 있어도 참된 것을 이해하지 못하고 감동하지 못하며 더구나 가슴속의 열정을 불사르지도 못하는 그런 사람들이 아닐까.

구로야나기 테츠코의 소설 『창가의 토토』속 문장입니다. 국내에서도 큰 사랑을 받은 베스트셀러로, 20세기 일본에서 가장 많이 팔린 소설 중 하나입니다. 기네스북에 올랐을 정도니 얼마나 대단한 작품인지 실감하실 겁니다. 토토라는 아이의 초등학교 생활을 다룬 이 소설에는 따뜻한 마음씨를 가진 선생님이 등장하는데요. 책을 읽으면서,

세상의 모든 아이가 이 소설에 나오는 선생님에게 수업을 들으면 어떨까 하는 생각이 들었습니다. 아니, 꼭 아이뿐만 아니라 세상을 사는 모든 어른들도 공감하고 필요로 할 메시지가 담긴 작품입니다.

다른 사람과 관계를 맺을 때 두려워해야 하는 것은 그저 상대의 마음을 얻느냐 못 얻느냐의 문제가 아닙니다. 상대의 진정한 아름다움을 볼 줄 모르는 것, 진심 어린 이야기를 듣지 않는 것, 사소한 것에 감동하지 못하고 나의 마음을 다하지 않는 것을 두려워해야 합니다.

앞선 문장들을 통해 우리의 관계를 다시 생각해 보는 계기가 됐으면 좋겠습니다. 나와 상대를 아끼는 좋은 관계란 세심한 배려 하나, 사소한 것을 알아주는 데서 시작되는 거잖아요. 그리고 나를 위해서만이 아니라, 우리를 위한 이기심을 발휘해 보세요. 남을 배려하지 않는 이기심이 아니라, 우리의 행복을 지키기 위한 이기심 말입니다.

당신의 사랑은
어떻게 시작됐나요?

"첫사랑 얘기해 주세요!"

"사랑하는 분과는 어떻게 만나셨나요?"

중고등학생 시절, 선생님들을 괴롭히는(?) 이 질문을 저도 참 많이 했습니다. 그런데 요즘은 강연 중에 제가 비슷한 질문을 종종 받곤 합니다. 새삼 선생님들의 곤란한 심정을 역지사지로 깨닫곤 하죠. 아마 그만큼 사랑이라는 주제, 그리고 그 시작은 사람들의 호기심을 끄는 주제여서겠죠.

여러분은 처음 사랑에 빠진 순간을 기억하시나요? 지금 곁에 있는 사람과의 처음을 떠올릴 수도 있고, 추억 속에 남겨진 순간을 떠올릴 수도 있겠지요. 사람마다 그 순간의 모습이 매우 다양할 테지만, 어떤 것이든 처음 사랑에 빠진 그 떨림은 무엇과도 바꿀 수 없는 소중한 기억이죠. 첫눈에 반한 경우도 있을 테고, 천천히 상대의 매력에 젖어들다가 문득 사소한 행동 하나, 말 한마디에 사랑임을 깨달을 수도 있죠.

당신을 본 적은 없지만 난 당신이 어떤 사람인지 다 알 것 같았는데…. 그걸 느끼지 못하고 가는군요. 이제 나는 다시 혼자가 되겠죠. 당신처럼. 언젠가 그랬죠. 다시 만날 사람은 꼭 만난다는 걸 믿는다고요. 이제 그 말 믿지 않을래요. 오늘 당신을 만나서 이 음악을 함께 듣고 싶었어요.

저에겐 사랑이 처음 싹트는 순간의 설렘을 떠올리게 하는 영화가 있습니다. 꽤 오래전 영화로, 배우 한석규와 전도연 주연의 「접속」입니다. 지금은 스마트폰이 없는 삶을 상상할 수조차 없지만, 영화가 개봉할 때쯤엔 이제 막 '컴퓨터 통신'이란 게 보급되던 무렵이었습니다. 각자 외로움을 느끼던 두 사람이, 서로 익명성이 보장되는 통신 공간에서 이야기를 나누죠. 처음에는 오해로 시작했지만 실연의 아픔이라는 공통점을 가지고 있던 그들은 대화를 통해 서로를 마음에 담게 됩니다. "다시 만날 사람은 꼭 만난다는 걸 믿는다"라는 대사는 제가 가장 사랑하는 문구이기도 합니다.

지금이야 사람을 만나기 위해 데이트 앱을 사용하기도 하고, 다들 감정 표현에 솔직해져서 다소 지루하게 받아들일 수도 있지만, 사랑이 막 시작될 때의 애틋함과 풋풋함을 잘 느낄 수 있는 영화입니다.

사랑이 시작되고 표현되는 형태가 변화하고 다양해졌다고 하더라도, 그 시작의 설렘은 비슷할 겁니다. 상대를 배려하면서도, 내 마음이 잘 전해졌는지 조마조마하게 살피게 되죠. 또 사랑이 시작됐다고 해도, 그것을 오래 키워가려면 성격과 가치관도 맞아야 합니다. 사랑을 시작할 때에도, 또 시작한 뒤에도 노력이 필요한 거지요.

사랑을 더욱 사랑답게 하는 것은, 이 사람을 더 사랑해야겠다고 용기 내게 만드는 것은, 화려한 프러포즈나 값비싼 선물

같은 것이 아니다. 듣고 싶었던 한마디를 건네 그 마음의 온기를 더해주는 것. 그 외에 나는 우리를 구원하는 다른 방법을 더 알지 못한다.

곽정은 작가의 에세이 『혼자의 발견』의 문장입니다. 저는 이 말처럼 서로에게 마음의 온기를 더해주는 것이 사랑을 할 때 가장 필요한 일이라 생각해요. 외모나 다른 조건이 첫눈에 끌린다고 해도 대화가 통하지 않으면 마음의 온기를 나눌 수 없고, 사랑도 곧 식고 말 테니까요.

재미있는 건 이렇게 사랑을 시작하는 사람들이 그 시작을 미화한다는 것입니다. 그로닝겐대학교의 플로리안 촉 교수는 많은 연인이 서로에게 첫눈에 반하는 현상에 관해 연구했는데요. 연인들은 실제로는 서로 첫눈에 반하지 않았는데도 그랬다고 착각을 한다고 합니다. 대화를 나누고 함께 시간을 보내며 서로의 마음에 온기를 더해가는 과정에서, 처음에는 그렇게 멋지거나 예뻐 보이지 않았음에도, 이내 현재의 감정을 기억의 빈틈에 채운다는 거죠. 시간이 지나면서 서로를 '운명적인 만남'이라 여기는 겁니다.

여기서 우리는 중요한 메시지를 얻을 수 있습니다. 사

랑하는 사람을 찾을 때 그에게 첫눈에 반했느냐 아니냐는 별로 중요하지 않다는 거죠. 그보다는 서로 오랫동안 마음을 나눌 수 있는지, 서로 진심으로 사랑해 줄 수 있는지가 더 중요합니다.

사랑이 시작되는 순간의 다양함을 보여주는 소설로는 제인 오스틴의 『오만과 편견』이 있습니다. 서로를 무시하고 오해하던 남녀가 어느새 서로에게 물드는 내용을 담고 있죠. 가난하지만 상냥하면서도 당당한 매력의 엘리자베스와 잘생겼지만 차갑고 오만한 귀족 다아시가 만남을 이어가면서 서로의 매력에 빠져 편견을 벗고 사랑에 빠지는 과정을 그리고 있지요.

어느 아름다운 여인의 멋진 두 눈에서 얻을 수 있는 커다란 기쁨에 대해 깊이 생각하고 있었거든요.

소설의 중후반부에 나오는 대사인데요. 초반의 쌀쌀맞은 모습을 생각하면, 다아시가 얼마나 엘리자베스에 빠졌는지 알 수 있는 대목입니다. 이 소설은 처음엔 『첫인상』이라는 제목으로 출간했다고 합니다. 지금 제목도 좋지만, 둘의 인상적인 첫인상을 생각하면 원래 제목도 나쁘지는 않은 것 같습니다. 반면 바뀐 제목은 사랑에 있어 첫인상이 얼마나 무의미한지, 함부로 상대를 평가하고 판단하는 일이 얼마나 경솔한지 꼬집고 있죠.

우리가 다른 사람들이 어떻게 사랑을 시작했는지 계속 궁금해하는 이유는 이처럼 그 모습이 매우 다양하기 때문입니다. 아마 전 세계의 인구수만큼 다양할 거예요. 하지만 중요한 건, 지금까지 살펴본 것처럼 사랑에서 중요한 건 시작보다는 그 이후라는 점을 이야기하고 싶습니다.

사랑을 막 시작했든 한창 사랑하고 있든, 후회를 남기지 않았으면 좋겠습니다. 모든 사랑에는 후회가 따른다고 하지만, 상대에게 최선을 다하지 못한 순간은 분명 나중에 큰 후회로 남으니까요.

최선을 다하라는 게 뭔가 거창한 것을 해줘야 한다는 말은 아닙니다. 마음을 다해 서로를 인정하고 배려하는 것, 그거면 충분합니다. 사랑이 시작되었던 모습은 제각기 다를지라도, 사랑의 가치는 누구에게나 비슷한 무게를 가지니까요. 그러니 최선을 다해 사랑하도록 해요. 사랑에는 편법도, 정답도 없습니다. 가식 없이, 진심으로 사랑하도록 해요.

먼저
건네는 사랑

연인과 사랑에 빠져본 적이 있으시겠지요. 애절하고 불꽃 튀는 사랑이든 느긋하고 온순한 사랑이든, 사랑은 늘 우리를 '들었다 놨다' 합니다. 사랑에 관한 흔한 표현 중 하나가 바로 '사랑에 빠진다'는 것일 텐데요. 내 의지대로 되지 않는 사랑의 성격을 잘 나타낸 표현이라 생각합니다. 그런데 저는 에리히 프롬의 『사랑의 기술』을 읽다가, 이렇게 생각하는 것도 가능하겠구나 하고 고개를 끄덕인 적이 있습니다.

사랑은 수동적 감정이 아니라 활동이다. 사랑은 '참여하는 것'이지 '빠지는 것'이 아니다. 가장 일반적인 방식으로 사랑의 능동적 성격을 말한다면, 사랑은 본래 '주는 것'이지 받는 것이 아니라고 설명할 수 있다.

정신분석학자이자 사회심리학자인 에리히 프롬이 사랑에 관해 다양한 관점으로 풀어놓은 이 책은 그가 세상을 떠난 지 40여 년이 지난 지금도 많은 사랑을 받고 있습니다. 제목만 보고 '아, 이걸 읽으면 사랑을 기술적으로 잘할 수 있겠구나' 하고 생각한다면 크게 뒤통수를 맞겠지만, 사랑에 대해 여러 방면에서 깊게 고민해 볼 지점들을 던지는 훌륭한 책입니다.

프롬은 사랑이 수동적인 게 아니라 능동적인 것이라 말하는데요. 여기엔 우리의 고정관념을 뒤집는 놀라운 통찰이 담겨 있습니다. 관계에 있어 누구나 조금씩은 이기적인 모습을 보이곤 합니다. 사랑할 때도 손해 보려 하지 않거나, 적어도 주는 만큼은 받으려는 마음이 있죠. 사실 당연한 겁니다. 늘 한쪽만 주면 그 사랑의 에너지는 곧 고갈될 테니까요.

그럼에도 중요한 건, 우리가 사랑이라 부르는 것은 원

래 이해타산과는 거리가 멀다는 사실입니다. 사랑은 본래 주는 것이라는 말에는, 그것이 무럭무럭 자라나기 위해서는 먼저 내 마음이 상대에게 나눠줄 사랑으로 가득해야 한다는 뜻이 담겨 있습니다. 내 안에 사랑이 없다면, 마음에 여유가 없어서 그저 받기만 하려고 할 테니까요. 서로 사랑을 잘 주고 잘 받는 것, 이것이 바로 사랑을 잃지 않고 잘 키워나가는 비결입니다.

사랑은 서로를 바라보기만 하는 게 아니라, 함께 같은 방향으로 바깥을 바라보는 것이다.

아마 많은 분에게 익숙할 문장 같습니다. 생텍쥐페리의 말로, 여러 매체에도 공유됐던 것 같아요. 서로에게만 집착하기보다는, 같은 관심사와 목표를 공유하는 관계의 아름다움을 잘 표현한 문장입니다.

아무리 사랑하는 사이라도, 서로의 세상을 완벽하게 공유하고 마음을 정확하게 이해하기란 몹시 어렵습니다. 그러니 더욱 중요한 것이 상대에게 내가 이해 못 할 모습도 있다는 걸 인정하는 자세입니다. 그러지 않고 상대를 강제로 변화시키려 한다면, 오히려 관계는 깨지고 말 겁니다. 상대를 바꾸려는 시도보다는, 상대가 어디를 바라보고 있는지 나도 같이 바라봐주는 게 더 좋은 자세겠죠.

저는 이 문장을 볼 때마다 마르크 샤갈의 〈에펠탑의 신랑 신부〉라는 작품이 떠오릅니다. 사랑이라는 주제는 많은 예술가에게 영감을 주었죠, 특히 샤갈은 '사랑의 화가'로 불릴 만큼 사랑에 관한 많은 작품을 남겼습니다. 제2차 세계대전이라는 암울한 시기를 겪었음에도 그의 작품은 아름다운 사랑만을 이야기하죠. 현실을 외면했다는 비판도 받았지만, 그는 아픔과 상처마저도 극복하게 만드는 사랑의 강인함을 낭만적으로 그려냈습니다.

아마 파리를 여행하는 수많은 연인이 가장 방문하고 싶은 장소가 에펠탑일 겁니다. 저 역시 예전에 출장차 방문했던 파리에서 본 에펠탑의 모습이 지금도 눈앞에 선하니까요. 샤갈 역시 같은 마음이었던 것 같습니다. 그림에는 샤갈과 그의 아내가 등장합니다. 어딘가 다정하기만 한 표정도 아니고, 주변 풍경도 조금 특이하지만, 샤갈이 아내를 감싸며 어딘가 같은 방향으로 함께 날아가는 모습은 제가 생각하는 사랑의 형태를 너무나도 잘 표현한 작품 같았습니다. 앞서 이야기한 생텍쥐페리의 말처럼, 두 연인

마르크 샤갈, 〈에펠탑의 신랑 신부〉, 1938~1939, 파리 퐁피두센터

이 앞으로도 계속 행복할 수 있다는 강한 확신이 그림에서 보였어요. 실제로 샤갈의 아내인 벨라 로젠펠드는 그와 같은 고향에서 나고 자랐으며, 예술적 영감의 원천이자 영혼의 동반자였다고 합니다.

파리 에펠탑 앞에서 저마다 예쁘게 사랑을 표현하던 많은 커플의 모습이 종종 떠오릅니다. 그들은 아직도 서로 사랑하고 있을까요? 여전히 서로의 마음을 능동적으로 나누며 같은 방향을 향해 살아가고 있을까요? 알 수 없는 일이지만, 부디 그랬으면 좋겠네요.

3부

너와 내가
함께 행복하려면

— 우리를 돌아보는 시간

관계의
상처 치료법

"어떻게 나한테 그럴 수 있지?"

누군가에게 크게 상처받거나 실망했을 때, 나도 모르게 이렇게 하소연하게 되는 순간이 있습니다. 단순히 상처받은 수준을 넘어서, 왜 그랬는지 이해조차 안 될 때도 있죠. 날 조금만 생각했어도 안 그랬을 텐데, 그 사람하고 관계를 생각하면 그럴 리가 없는데, 하고 말이에요.

관계에서의 문제는 아주 사소한 이유로 생겨납니다. 왜 매번 약속 시간에 늦는지, 왜 쓰레기를 제때 버리지 않는지, 왜 나에 대해 함부로 말하는지, 왜 매번 제멋대로 행동하면서 양보를 강요하는지…. 작은 문제들로 쌓인 사소한 응어리가 관계의 골을 깊게 만들죠. 떨쳐내려 해도 잘 떨쳐지지가 않습니다. 그런데 이런 생각이 어쩌면 내 욕심일 수 있다는 걸, 저는 다음 글을 읽고 깨달았습니다.

내가 진실하게 행동하기 위해 팩트만을 이야기한다고 하자. 과연 상대방이 날 오해할 소지가 없다고 자신할 수 있을까? 그럴 수 없다. 사람 마음이 얼마나 변덕스러운가? 1분 전에는 죽고 못 살 만큼 친하다가도 1분 후에 너 죽고 나 죽자고 덤비는 살벌한 관계로 돌변할 수도 있는 것이 인간관계다. 그만큼 복잡하고 얽히고설키는 관계인 것이다. 그러니 오히려 가장 섬세한 테크닉이 필요한 관계라고 할 수 있다. (…) 요컨대, 인간관계에서 꼭 마음에 새겨둬야 할 원칙이 있다. 내가 기억하고 있는 것들이 꼭 진실이고 팩트가 아닐 수도 있다는 것이다.

『나는 까칠하게 살기로 했다』의 한 문장입니다. 저자는 정신과 전문의 양창순 교수로 인간 내면에 대한 깊은 이해로 많은 사랑을 받는 분이죠. 모든 사람에겐 각자의 사정이 있습니다. 나를 가장 잘 이해하고 있다고 믿었던 사람이 사실은 나를 크게 오해하고 있을 수도 있고, 그 반대의 경우도 얼마든지 있을 수 있죠. 내가 생각하는 진실과 팩트가 거짓일 수 있다는 걸 명심하면서, 그저 '그럴 수 있다' 하며 받아들이는 자세도 때로는 필요합니다.

우린 모두 나약하고 약점이 많은 사람들입니다. 때론 아무리 친한 사람에게도 이기적인 모습을 보일 수밖에 없고, 종종 무심한 부분이 있을 수밖에 없습니다. 그래서 상대가 내 마음 같지 않을 때, "어떻게 나한테 그럴 수 있지?" 하고 화를 내는 것보다 "그럴 수도 있지" 하고 진정하는 자세가 필요한 것 같습니다.

신형철 평론가는 『정확한 사랑의 실험』에서 이렇게 말했습니다.

> 우리는 '타인은 단순하게 나쁜 사람이고 나는 복잡하게 좋은 사람'이라고 믿는다. 그래서 쉽게 '유죄추정의 원칙'에 몸을 싣는다. '아니 땐 굴뚝에 연기 나랴'라는 속담은 유죄추정의 원칙이 대체로 옳다고 우리를 오도한다는 점에서 혐오스럽다. (…) 그리고 깨닫게 될 것이다. 타인은 단순하게 나쁜 사람이고 나는 복잡하게 좋은 사람인 것이 아니라, 우리 모두가 대체로 복잡하게 나쁜 사람이라는 것을.

즉, 우리 모두가 언제든 '복잡하게 나쁜 사람'이 될 수 있다는 걸 깨닫는다면, 관계에서 상처를 입는 일도 상처를 입히는 일도 조금은 줄일 수 있을 것입니다.

저는 상처를 받으면 최대한 이렇게 생각하려 합니다. '오죽 여유가 없으면 그랬을까', '이해심 넓은 내가 그러려니 하고 이해하자' 하고 말이죠. 여기에 더해, 저만의 비결이 하나 더 있습니다. 상대에게 조건을 다는 겁니다. '그럼 당신도 이거 하나는 이해해 줘' 하고 말입니다. 제법 괜찮은 제안 아닌가요? 상대의 잘못을 받아들이고 용서하되, 상대에게도 내 실수나 약점을 이해해 주길 요청하는 거죠. 약간의 유머를 섞으면서 말한다면, 서로 상처 입지 않고 관계를 건강하게 만들 수 있는 좋은 방법입니다.

이런 방법을 쓰더라도, 결국 저도 사람인지라 상처받고 마음이 어지러울 때가 있습니다. 그럴 때는 예술 작품이 마음을 추스르는 데 도움이 됩니다. 가장 애용하는 것이 바로 에드워드 호퍼의 작품인데요. 미국의 대표적인 사실주의 화가로, 그의 작품은 도시인의 고독과 소외감을 표현한 것으로 유명합니다. 화려한 기교보다는 담담한 그림체로, 어딘가 쓸쓸한 정서가 느껴지지요.

에드워드 호퍼, 〈아침 해〉, 1952, 콜럼버스 미술관 ©pixelsniper

〈아침 해(morning sun)〉는 그의 대표작 중 하나입니다. 아침에 해가 떠오르는 창밖을 바라보는 여성을 그린 작품이죠. 왠지 담담한 듯하면서도 조금 복잡해 보이는 표정에 왠지 모르게 공감이 되고, 여러 감정을 불러일으키는 그림이라 많은 이의 사랑을 받았던 것 같습니다. 저는 이 작품에서 '받아들임'이란 감정을 크게 느꼈어요. 아침에 눈을 뜨고, 밀려들어 오는 햇살을 그저 온몸으로 받아들이는 모습. 우리가 삶과 관계를 대하는 태도도 이래야 하지 않을까요. 크고 작은 상황에 일일이 분노하고 슬퍼하기보다, 그 모든 감정이 지나가는 걸 차분히 기다릴 수 있을 때, 우리는 보다 자유로워질지도 모릅니다.

호퍼는 작품들에서 주로 고독한 인물, 즉 인적이 드문 식당이나 카페에 홀로 앉아 있는 인물들을 그렸죠. 그런데 저는 그의 그림을 볼 때마다 쓸쓸해지기보다 오히려 편안해집니다. 세상의 소용돌이와 타인이 주는 상처에서 멀리 벗어나 안전한 곳에서 마음을 다독이는 느낌이랄까요. 마음이 어지러울 때면 그의 그림을 찾아보고 위로받습니다.

이렇듯 일상에서 슬프고 힘든 일을 겪을 땐, 책이나 영화, 음악, 예술 작품 등을 감상하면 큰 도움이 됩니다. 힘든 감정, 억울한 상황을 가까운 이에게 하소연하면 마음이 조금 풀리듯, 내 마음을 알아주는 뭔가를 찾는 거죠. 꼭 사람이 아니어도 괜찮습니다. 우리는 늘 관계를 맺을 다른 존재를 필요로 합니다. 관계에서 상처를 받았을 때에도 다른 관계를 통해 위로받는 것이죠.

누구나 살아가며 수많은 아픔과 괴로움을 마주합니다. 그걸 이겨내는 본인만의 해결 방법을 꼭 찾아야 하죠. 저 역시 그랬고, 이 글을 읽고 있는 여러분도 자기만의 방법을 찾아보셨으면 좋겠습니다.

마지막으로 상처를 어루만져 줄 시 한편을 소개해 드립니다. 묵연 스님의 「다 바람 같은 거야」라는 시인데요. 어떤 방법을 써도 마음에 쌓인 응어리가 풀리지 않는다면, 이 시를 읽고 그 감정을 조금 더 털어내시길 바랍니다.

뭘 그렇게 고민하는 거니?
만남의 기쁨이건
이별의 슬픔이건
다 한순간이야

사랑이 아무리 깊어도 산들바람이고
오해가 아무리 커도 비바람이야
외로움이 아무리 지독해도 눈보라일 뿐이야

폭풍이 아무리 세도 지난 뒤엔 고요하듯
아무리 지독한 사연도
지난 뒤엔 쓸쓸한 바람만 맴돌지
다 바람이야
이 세상에 온 것도 바람처럼 온다고

이 육신을 버리는 것도
바람처럼 사라지는 거야

가을바람 불어 곱게 물든
잎들을 떨어뜨리듯
덧없는 바람 불면
모든 사연을 공허하게 하지

어차피 바람일 뿐인 걸
굳이 무얼 아파하며 번민하리

결국 잡히지 않는 게 삶인 걸
애써 무얼 집착하리
다 바람인 거야

그러나 바람 그 자체는 늘 신선하지
상큼하고 새큼한 새벽바람 맞으며

바람처럼 가벼운 걸음으로
바람처럼 살다 가는 게 좋아

인생이
지루하게 느껴질 때

인생은 욕망과 권태 사이를 오가는 시계추다.

철학자 아르투어 쇼펜하우어의 유명한 격언입니다. 누구나 바쁘게 살 때에는 그만 쉬고 싶다는 생각이 간절하지만, 정작 평안이 찾아오면 권태를 느끼게 되죠. 저도 항상 이 둘 사이에서 방황하는 것 같아요. 바쁠 때는 차라리 잠깐 쉬자는 선택지라도 있지만, 권태가 밀려올 때는 어떻게 대처해야 할지 정말 막막해집니다.

저도 한 회사를 무려 11년 동안 다니면서 권태를 느끼는 순간이 참 많았습니다. 흔히 3·6·9법칙이라고, 회사원에게는 3년마다 퇴사 욕구가 찾아온다고 하죠. 친구들도 비슷한 시기에 퇴사를 결정하거나, 고민하곤 했는데요. 그럴 때마다 제게 너는 어떻게 그 어려운 고비를 세 번이나 넘겼냐며, 대~단하다면서 놀리기도 했습니다.

우리는 이런 시기를 권태기, 또는 '매너리즘에 빠졌다'고 표현합니다. '매너리즘(mannerism)'이란 용어는 본래 예술가들 고유의 양식이나 개성을 뜻하는 이탈리아어 '마니에라(maniera)'에서 유래했는데요. 16~17세기 유럽에서 크게 유행했던 미술양식이었지만, 17세기 이후 '자연스럽지 않고 판에 박힌 양식', '죽어가는 양식의 마지막 표현'이라는 부정적 평가를 받게 되었습니다. 그래서 오늘날 우리는 '매너리즘'이라는 용어를 부정적으로 사용하고 있는 거지요.

하지만 20세기 이후에는 이런 '매너리즘' 양식에 대해 재평가가 이뤄지기도 했습니다. 15세기 르네상스와 17세기 바로크를 연결해 주는 다리의 역할을 하면서 실험적이고도 새로운 시대를 여는 열쇠가 되었다는 긍정적 평가를 받은 거죠. 우리는 대개 비슷한 일만 반복되면서 성장이 정체됐다고 느낄 때, 부정적 의미의 매너리즘을 떠올립니다. 이제는 르네상스와 바로크를 이어주는 긍정적인 역할로서의 매너리즘도 같이 떠올려보면 어떨까요?

우리의 내면에는 끊임없이 자신을 고양시키고 강화시키고 싶어 하는 의지가 존재합니다. 이러한 의지는 우리가 피상적인 삶에 자족해 있을 때 병에 걸리게 한다든지 아니면 지금의 삶의 방식에 대해 권태나 허무감에 사로잡히게 함으로써 우리에게 삶의 방식을 변화시키라는 신호를 보낸다는 것입니다.

(…) 우리는 그때마다의 삶의 단계에 안주하지 말고 힘에의 의지가 명하는 대로 그 단계를 미련 없이 명랑하게 뛰어넘어야 합니다.

『사는 게 힘드냐고 니체가 물었다』의 한 문장입니다. 저자인 서울대학교 철학과 박찬국 교수는 국내 최고의 니체 권위자 중 한 분으로, 니체의 사상을 대중이 이해하기 쉽게 풀어냈습니다. 니체는 스물다섯이라는 젊은 나이에 고전문헌학 교수가 되어 누구보다 평탄한 삶을 살 수 있었습니다. 하지만 결국 불안정한 철학자의 길을 택했죠. 자기 자신과 세상의 진짜 모습을 찾기 위해서였습니다.

저자는 우리 모두 니체처럼 자신의 내면을 돌아보고, 진정한 나 자신으로 살아야 한다고 말합니다. 그래서 내 마음과 몸이 보여주는 반응을 무시하지 말고 그 단계를 명랑하게 뛰어넘으라고 한 거죠. 저는 권태나 허무감이 그저 나를 파멸시키고 무기력한 상태로 만들기 위한 것이 아니라, 우리 삶의 방식을 변화시키게 만드는 긍정적 신호라는 점에 전적으로 공감했습니다.

저 역시 직장과 집을 오가는 일상에 권태를 느꼈기에 '책 읽어주는 남자' 채널을 시작했고, 새로운 기회를 열어 지금에 이를 수 있었습니다. 단지 회사원으로만 사는 게 아니라 좋은 책과 문장을 소개하며 책을 쓰고 다양한 프로젝트를 진행하는 사람으로 살아가리라고는 처음엔 꿈에도 상상하지 못했습니다.

제게 큰 재능이 있었다고 생각하진 않습니다. 그저 내 몸과 마음이 보내는 신호를 잘 듣고 계속 도전하다 보니, 여기까지 올 수 있었던 것 같아요. 지금 권태감을 느끼거나 매너리즘에 빠져 있다면, 무기력하게만 있지 말고 그걸 명랑하게 뛰어넘을 무언가를 찾아보는 건 어떨까요? 앞선 책에는 뒤이어 이런 문장이 나옵니다.

183

나를 따르지 말고 너 자신을 따르라! 너 자신을! 우리의 삶도 우리 스스로에 대해 권리를 지녀야 마땅하다! 우리도 또한 자유롭고 두려움 없이 순진무구한 자기 안에서 자기 자신으로부터 성장하고 꽃을 피워야 한다.

이 문장을 읽고 자리를 박차고 일어나 바로 산책을 했던 기억이 납니다. 굳은 몸부터 일단 움직여서 활력을 찾고, 신선한 공기를 마시면서 권태로운 일상을 바꿀 새로운 생각들을 시작했지요.

그런데도 여전히 권태라는 감정에서 벗어나기 힘들 것 같다면, 정호승 시인의 「바닷가에 대하여」라는 시를 읽어보는 것도 좋을듯합니다. 마음이 답답하거나 생각이 많아질 때마다 떠오르는 작품입니다.

누구나 바닷가 하나씩은 자기만의 바닷가가 있는 게 좋다
누구나 바닷가 하나씩은 언제나 찾아갈 수 있는
자기만의 바닷가가 있는 게 좋다
잠자는 지구의 고요한 숨소리를 듣고 싶을 때
지구 위를 걸어가는 새들의 작은 발소리를 듣고 싶을 때
새들과 함께 수평선 위로 걸어가고 싶을 때

(…)

바다에 뜬 보름달을 향해 촛불을 켜놓고 하염없이

두 손 모아 절을 하고 싶을 때

바닷가 기슭으로만 기슭으로만 끝없이 달려가고 싶을 때

누구나 자기만의 바닷가가 하나씩 있으면 좋다

자기만의 바닷가로 달려가 쓰러지는 게 좋다

여러분도 자기만의 바닷가가 있으신가요? 꼭 바닷가나 특별한 장소가 아니어도 됩니다. 아늑한 내 방, 나만 아는 소담한 카페, 한적한 오전 시간의 영화관이 될 수도 있죠. 장소가 아니라 특별한 행위일 수도 있고요.

삶은 늘 우리를 시험합니다. 시련과 고통, 권태와 외로움 같은 시험들을 잘 넘기려면 거기에 휩쓸리지 않도록 미리 대비하는 편이 좋겠죠. 다만 그 시험이 너무 어렵고 버겁다고만 생각하지 않으셨으면 좋겠습니다. 눈앞에 놓인 문제를 하나씩 풀어가는 여정에서, 혼자서 해결하기 어렵다면 의지할 만한 사람을 찾아 함께 풀어가는 과정에서, 우리는 마치 보물찾기를 하듯 끝끝내 행복을 발견해 낼 것이기 때문입니다.

외로움이
계속 찾아온다면

어느 날

혼자 가만히 있다가

갑자기 허무해지고

아무 말도 할 수 없고

가슴이 터질 것만 같고

눈물이 쏟아지는데

누군가를 만나고 싶은데

만날 사람이 없다

주위엔 항상

친구들이 있다고 생각했는데

이런 날 이런 마음을

들어줄 사람을 생각하니

수첩에 적힌 이름과 전화번호를

읽어 내려가 보아도

모두가 아니었다

혼자 바람맞고 사는 세상

거리를 걷다 가슴을 삭이고

마시는 뜨거운 한 잔의 커피

아, 삶이란 때론 이렇게 외롭구나

용혜원 시인은 일상에서 느끼는 다양한 감정을 누구나 이해하기 쉬운 언어로 잘 표현한 작품들로 알려져 있습니다. 「어느 날의 커피」라는 시 역시, 외로운 감정을 직관적이면서도 세심한 시선으로 표현하고 있죠. 저는 "혼자 바람맞고 사는 세상"이라는 구절에서 살짝 웃음이 나기도 했어요. 너무도 공감이 돼서 '웃픈' 거였죠. 여러분도 이 시에 공감이 되셨나요? 그렇다면 아마 그만큼 철저히 외로웠던 적이 있으실 겁니다.

외로움은 정말 수시로 찾아옵니다. 혼자 있을 때도, 누군가와, 심지어 사랑하는 사람과 함께 있을 때도 문득 찾아오죠. 저 역시 외로움은 삶에서 늘 함께하는 존재였습니다. 외동아들로 자란 탓인지 형제자매와 사이좋게 지내는 친구들을 볼 때, 왜소하다는 이유로 은근한 따돌림을 당했을 때, 취업 시장에 뛰어들어 이력서를 100개나 쓰고도 불합격의 고배만 마셨을 때, 겨우 합격한 인턴 생활을 위해 서울로 와서 좁디좁은 원룸에서 홀로 생활했을 때, 사회 생활을 하면서 인간관계로 힘들 때⋯. 정말 다양한 순간에 외로움을 느꼈죠. 이뿐일까요. 가족이나 친구, 소중한 누군가와 함께 있을 때도 종종 외로움을 느낍니다.

이렇게 외로울 때에는 그 감정을 외면하는 것보다 오히려 직면하는 것이 도움이 됩니다. 외로울 때 더 외로워져보는 거죠. 내 마음을 정확히 알아주는 문장을 천천히 곱씹으면서, 그 감정에 차분히 빠져들다 보면 조금씩 견디고 받아들일 수 있게 됩니다.

이럴 때 소개해 드리고 싶은 책이 있습니다. 저의 책 『내가 원하는 것을 나도 모를 때』에도 소개했던 츠지 히토나리의 소설 『사랑을 주세요』인데요. 모토지로와 리리카, 복잡한 처지에 놓인 남녀가 펜팔을 하면서 서로 용기를 북돋아 주며 힘든 나날을 헤쳐 나가는 내용을 다루고 있습니다. 마음이 따뜻해지는 장면들이 많아서 소개하고 싶은 문장도 많습니다. 한번은 리리카가 혼자 사는 생활에 외로움을 느낀다고 하자, 모토지로는 자신은 그런 생활을 경험해 본 적이 없어서 오히려 부럽다며 이렇게 이야기합니다.

외로움은 가장 좋은 친구라고 생각되는 때가 있어. 외로움과 사이좋게 지낼 수 있을 때 우리는 행복을 느낄 수 있다는 생각도 들고. 지금 너는 그게 가능한 세계에 있어. (…)

그곳은 나만의 공간이잖니? 아무도 그곳에는 들어갈 수 없지. 열쇠를 쥔 사람이 바로 너야. 나만의 열쇠를 채워놓고 외출하고, 나만의 열쇠로 다시 문을 열고 돌아가는 집. 마치 보석상자 같은 공간이야.

저는 이 대목을 읽고 외로움 또한 내 친구가 될 수 있다는 말에 큰 위로를 받았습니다. 누군가는 혼자 고요히 있는 일상을 부러워할 수도 있다는 사실을 깨달았고요. 어쩌면 외로움은 우리가 평생 함께해야 하는 친구일지도 모릅니다. 결코 떼어내지 못할 녀석이라면, 좀 더 친해져보는 것도 좋겠지요. 모토지로의 말처럼, 나만의 공간을 잘 만들어나가는 자세가 필요한 것 같아요. 외롭다고 느낄 때, 그 친구와 편하게 만날 수 있는 보석상자 같은 공간을 만드는 겁니다. 저에게 혼자 책 읽는 시간이 그런 것처럼 말이지요.

사회학자 노명우 교수는 외로움에 대해 새로운 관점을 소개해 주었습니다. 『혼자 산다는 것에 대하여』의 한 구절인데요. 이 책에는 제목 그대로 '혼자 사는 삶'에 대한 다양한 통찰이 가득합니다. 저는 이 글을 보고 외로움과 고독의 시간이 고립이 아니라 '홀로서기'를 준비하는 재충전의 시간이 될 수 있겠다는 생각을 했습니다.

자기 밀도가 분명한 사람들의 또 다른 욕구는 혼자 있는 것에 대한 욕구다. 그것은 은둔과 거리가 멀다. 세상과 등을 지는 것도 아니다. 여전히 나는 세상에 발을 딛고 서 있는데, 밀집된

> 혼란으로 인해 되돌아볼 수 없었던 나의 삶에 대한 생각을 혼
> 자서 해내는 과정이 홀로서기다.

어릴 때부터 외로움이란 감정이 불편하면서도 좋았던
제게 큰 위로가 된 문장입니다. 그렇습니다. 늘 군중 사이
에 속해 있으면 자신을 되돌아볼 시간을 낼 수 없겠죠. 종
종 외로움이 찾아온다면, 그 시간을 애써 외면하기보다는
잘 보내보는 것도 좋겠다는 생각이 듭니다.

『그리스인 조르바』에도 이와 비슷한 구절이 나옵니다.
니코스 카잔차키스의 작품 속 주인공인 조르바는 굉장히
자유로운 영혼입니다. 즉흥적으로 사고하고 행동하며, 그
어떤 속박에도 얽매이지 않고 하고 싶은 일만 합니다. 하
지만 이토록 자유로운 영혼인 그에게도 외로움은 찾아옵
니다. 하지만 그는 친구에게 이렇게 말하죠. "나는 외롭지
만 이 외로움을 즐기네."

외로움과 고독을 두려워하지 않고 즐기는 일은, 사실
엄청난 일이 아닐지도 모릅니다. 그저 가끔 외로움에 푹
빠져도 보고, 그 와중에 할 일들을 하면서, 외로움과 마주
하고 친해져보면서 그냥 받아들이는 거죠. 그럼 그 감정은
파도가 지나가듯, 언젠가는 지나갈 겁니다.

우리는 각자 자신만의 방법으로 외로움을 잘 버텨내고 있습니다. 종종 '정말 대단하다', '너무 멋지다'고 나 자신의 어깨를 두드려주는 건 어떨까요. 그런 용기의 말을, 제가 쓴 『행복해지는 연습을 해요』의 문장으로 대신 전합니다.

그런 날이 있다. 외로운 섬처럼 한없이 우울하고 싶은 날, 스스로를 외로움의 끝으로 몰아넣어 어디 하나 기댈 곳 없는 날. (…) 그러고 보면 섬은 늘 제자리였다. 사람이 세상에 태어나서 살다가 죽는 인생의 시간보다 훨씬 더 오래도록 한자리에서 버텨왔다. 섬은 한결같이 그 자리를 지키며 자유롭게 떠다니는 구름이나 날씨에 따라 수만 가지 표정을 짓는 바다가 부러웠을지도 모른다. 그렇지만 섬은 스스로를 지켰다.

혼자만의 외로움을 즐기면서도 다가오는 바람과 바다에게 자신을 내어주면서.

스스로의 자리를 지키는 일,
외롭기도 하고 즐겁기도 하며
온전히 나의 감정을 받아들이며
하루하루를 보내는 일은 중요하다.

외로움으로 인해

또 다른 무언가를 얻을 수도 있고

우울한 내 모습을 보며

새로운 날을 계획할 수도 있으니까.

다만, 너무 외롭지 말기를

스스로 대견해하기를

그 자리에 버티고 서 있는 것만으로도

삶을 잘 살아가고 있는 것이기에.

말 한마디의 힘

나이가 들수록 말 한마디의 중요성을 뼈저리게 깨닫습니다. 누군가 무심코 던진 말이 평생 상처로 남기도 하고, 반대로 큰 용기가 되어 삶을 변화시키기도 하니까요.

저는 종종 부모님께 했던 무신경한 말들을 생각할 때마다 마음이 저려옵니다. 오랫동안 제게 헌신하신 것은 잊고 서운한 점만 크게 생각해서, 저도 모르게 가시 돋친 말이 튀어나올 때가 있었습니다. 뒤늦게 후회해도, 내뱉은 말을 주워 담을 수 없어서 스스로가 미워지기도 했죠. 이 자리를 빌려 부모님께 죄송하다고, 진심이 아니었다고, 감사하고 사랑한다고 전하고 싶습니다.

말의 중요성은 백번 강조해도 부족합니다. 그런데 요즘은 서로 상처 주는 말을 하기 너무 쉬운 세상이 되어가고 있습니다. 서로 얼굴이 안 보인다는 이유로 온라인상에서 거친 말을 쏟아내고, 작은 실수 하나도 가혹하게 채찍질합니다. 이 때문에 누군가는 생사를 오가기도 하죠. 옛 어른들의 말처럼 말 한마디로 천 냥 빚을 갚을 수도 있지만, 발 없이 천 리를 달려 누군가를 찌르는 칼이 될 수도 있는데 말이지요.

좀 더 선한 말을 많이 하고 날 선 말은 줄여야 합니다. 인간은 대화 없이는 누구와도 관계를 맺을 수 없고 제대로 살아갈 수 없기 때문입니다. 당장 말이 전혀 통하지 않는 외국에 뚝 떨어졌다고 생각해 보세요. 기초적인 생활조차 제대로 할 수 없을 겁니다.

언젠가 말의 무게에 대해 다시 생각해 보게 된 글귀를 만난 적이 있습니다. 마음이 덜컹 내려앉을 정도로 인상 깊었던 문장이라 여기서 다시 소개합니다.

나는 타인에게 별생각 없이 건넨 말이 내가 그들에게 남긴

195

유언이 될 수 있다고 믿는다. 그래서 같은 말이라도 조금 따뜻하고 예쁘게 하려 노력하는 편이다. (…) 말은 사람의 입에서 태어났다가 사람의 귀에서 죽는다. 하지만 어떤 말들은 죽지 않고 사람의 마음속으로 들어가 살아남는다.

박준 시인의 에세이 『운다고 달라지는 일은 아무것도 없겠지만』에 수록된 「어떤 말은 죽지 않는다」라는 글의 일부입니다. 저자는 특유의 감성으로 인생과 인간 내면을 깊이 들여다보는 글을 쓰는데요. 많은 분이 좋아하시지만, 저 역시 시인의 팬입니다. 마음을 울리는 글을 보며 늘 감명받곤 하지요.

시인의 표현처럼 한마디 말이 누군가에겐 유언이 될 수도 있다면, 그 무게가 얼마나 큰 걸까요? 생각 없이 뱉은 말, 순간 감정을 참지 못해 던진 비수 같은 말이, 누군가에겐 내게서 듣는 마지막 말이 된다고 생각하면 함부로 입을 여는 게 두려워집니다. 말은 대개 사람의 입에서 태어나 귀에서 죽지만 어떤 말은 죽지 않고 마음속에 살아남는다는 것, 그렇다면 제가 한 말들은 어떤 이에게 가닿아 어떻게 살아 있을지 생각하게 되네요. 마음속에 예쁘게 놓여 아름다운 꽃을 피워냈을지, 오랜 시간이 지나도 썩지 않는 오물로 남아 마음을 황폐하게 만들었을지 말이죠.

가만히 시인의 글을 읽고 있으면, 얼른 사랑하는 사람들에게 연락을 해서 사랑한다고, 보고 싶다고 말하고 싶습니다. 그런 애정 어린 진심의 말들은 마르지 않는 샘처럼 우리 마음에 사랑을 솟아나게 할 테니까요.

제가 좋아하는 또 다른 작가인 이병률 시인은 『바람이 분다 당신이 좋다』에서 말에 대해 이렇게 표현합니다.

> 말 한마디가 오래 남을 때가 있다. 다른 사람 귀에는 아무 말도 아니게 들릴 수 있을 텐데 뱅그르 뱅그르 내 마음 한가운데로 떨어지는 말. 한마디 말일 뿐인데 진동이 센 말. 그 말이 나를 뚫고 지나가 내 뒤편의 나무에 가서 꽂힐 것 같은 말이.

누군가에게는 아무렇지 않은 말인데 나에게는 딱 꽂히는 말들. 여러분에게는 어떤 말이 '마음 한가운데로 떨어지는 말'일까요. 종종 고백한 적이 있지만, 저에겐 아버지의 '믿는다'는 말이 마음 한가운데 떨어지는 말 중 하나입니다. 때로는 부담이 되기도 했지만, 결국 지금의 저를 만든 건 그 믿음을 저버리지 않으려 노력했던 과정들이었기 때문입니다.

또한 '괜찮다'는 말도 좋아합니다. 평범하고 무난한 말 같지만, 많은 의미를 전할 수 있는 아름다운 표현 같아요. 우리는 '괜찮아?'라고 안부를 묻고, '괜찮아질 거야'라고 위로를 하죠. 또 다른 사람에 대한 칭찬으로 '그 사람 참 괜찮아'라는 표현만큼 좋은 것도 없습니다. '그 사람은 잘생겼어', '그 사람은 재밌어'라는 식으로 구체적 장점을 언급하면, 왠지 다른 단점은 없을까 고민하게 되니까요. 괜찮다는 말에는 많은 부분을 긍정하게 하는 힘이 있어요. 이렇게 글을 쓰다 보니, 저 역시 누군가에게 괜찮은 사람으로 남고 싶어집니다.

여러분은 어떤 말을 하는 사람인가요? 그리고 누군가의 말을 들을 땐 또 어떤가요? 내 말에 주의를 기울이는 것만큼이나 중요한 것이 상대의 말을 잘 들어주는 일일 겁니다. 어떤 자세로 상대를 대하고 있는지, 그것보다 잘 보여주는 게 없기 때문입니다.

경청은 무섭다. 귀 열고 허리 펴고 상체를 조금 상대방 쪽으로 기울인 채 듣다 보면 어느새 마음이 열린다. 상대의 말이 내 마음을 삼킨다. 그날이 꼭 그랬다.

나영란 작가의 에세이『직장생활의 맛』의 일부입니다. 7년간의 직장생활 경험과 다양한 생각을 담은 책인데, 관계에 관한 이 문장이 참 와닿더군요. 경청하는 자세를 가지면, 정말로 상대의 말이 내 마음을 삼키는 경험을 하게 됩니다. 그렇게 서로의 마음이 오롯이 하나로 합쳐지면서 '지금 통하고 있구나' 하고 느끼는 거죠. 그런 경험 속에서 관계는 더욱 따뜻해지고 견고해지는 것 같습니다.

마지막으로 타인이 아닌 나에게 필요한 말도 있습니다. 모든 말에는 깊이가 있겠지만, 자기 자신에게 해주는 말 역시 우리 삶에 매우 중요하죠. 저의 첫 책 제목이『나에게 고맙다』입니다. 돌이켜보니 다른 사람에게는 상냥한 분들도 정작 자기 자신에게는 '고맙다'는 말을 못 하는 경우가 많더라고요. 어쩌면 세상에서 가장 고마운 사람, 오늘 하루를 무사히 마치는 데 가장 큰 기여를 한 사람이 바로 나 자신인데 말입니다.

마지막으로 제가 쓴『나에게 고맙다』의 일부 문장을 공유합니다. 이 글이 너무나도 소중한 나에게, 조금이라도 고마운 마음을 전하는 계기가 되었으면 합니다.

남을 위해서 하는 그 말들은

정작 너에게 필요한 말이 아니었을까?

상대방에 건네던 말들

괜찮니?

네 잘못이 아니야.

조금 늦어도 괜찮아.

수고했어, 오늘도.

이미 넌 충분해.

이 모든 말들은

나 자신에게 먼저 해줬어야 했다.

그리운 것을
그리운 대로 두는 법

누구나 그리움의 지분을 가지고 있다. 다만, 쓰는 용도가 다르고 다루는 기술이 다를 뿐이다. 방치해 두고 아예 사용하지 않는 사람도 있고, 고루하고 구시대적이고 촌스럽다고 숨기는 사람도 있다. 그리움을 적절하게 투자해 행복을 창출하는 데 쓰는 사람도 있고, 그리움을 과다하게 복용해 후유증으로 고생하는 사람도 있다.

연말이 되면, 부쩍 옛날 생각이 많이 납니다. 생기와 열정이 넘치던 그 시절에 비해, 지금은 많은 것이 변했습니다. 지금도 행복하고 여러 면에서 더 안정되어 있는데, 왜 지나간 시간이 그리워지는 걸까요? 아마 미화된 면도 있겠죠. 이미 지나가버렸기에 아름다운 것만 떠올릴 수 있으니까요. 림태주 시인의 에세이 『그리움의 문장들』에는 이런 그리움의 마음이 정확하게 표현되어 있습니다. 그의 표현대로, 그리움이 과다해 후유증이 남을 때도 많죠.

하지만 정말로 그때로 다시 돌아가고 싶다거나, 무언가를 후회하는 건 아닙니다. 다만 말로 다 설명하기 어려운 미묘한 감정을 느끼며, 혼자 있을 때 조용히 곱씹어 보거나 술자리의 재미있는 안줏거리로 조금씩 꺼내보며 웃음을 짓고 마는 거지요.

나는 인간이란 커다란 여행 가방 같은 것이라고 생각한다. 무언가로 채워지고 움직이기 시작하고 내동댕이쳐지고 덜컹거리며 보내지고 잃어버렸다가 다시 찾아지고 갑자기 반쯤 비워지거나 아니면 더 꽉꽉 채워지다가 마침내 궁극의 짐꾼이 궁극의 기차에 홱 올려놓으면 덜그럭거리며 사라져버린다.

캐서린 맨스필드의 소설집 『가든파티』에 수록된 단편 「나는 프랑스어를 못합니다」에서는 인간을 가방에 비유하는 장면이 나옵니다. 인생이라는 긴 세월을 짧게 함축한 문장이지만, 읽을수록 여러 가지 생각이 들어서 오랫동안 곱씹게 됩니다.

여행이 계속되면서 가방 안은 계속 무언가로 채워지고 덜컹거리며 섞입니다. 인생도 마찬가지죠. 우리의 의사와 상관없이 과거의 짐과 현재의 짐이 계속 뒤섞이고, 많은 일은 "갑자기 반쯤 비워지거나 아니면 더 꽉꽉 채워지"듯이 일어납니다. 그러다 결국에는 "덜그럭거리며 사라"지죠. 저는 이 마지막 구절이 인생의 본질을 정확히 표현했다고 생각해요. 우리는 삶에 온갖 의미를 부여하고, 과거와 현재를 구별하고, 늙고 죽는 것을 두려워하며 살아가지만, 결국 인생은 궁극의 짐꾼이 궁극의 기차에 가방을 던지듯 흘러가니까요.

하지만 너무 상심하지는 않으셔도 될 것 같습니다. 그런 깨달음을 있는 그대로 받아들이면, 과거를 후회하거나 집착하지 않고 눈앞의 현재를 충실하게 살아갈 수 있으니까요. 어느 노랫말처럼, 종종 그리운 것이 떠오르면 그것에 집착해 내 마음을 괴롭히지 말고, 그냥 그리운 대로 내버려두는 겁니다. 잠시 웃으며 곱씹거나 이야깃거리로 삼을 수도 있겠지요.

그러기 위해서는 용기가 필요합니다. 우리가 한때 온 마음을 내주었던 과거, 그것을 미처 다 거두지 못해 남게 된 미련을 과감하게 버리는 거죠. 내가 포기했던 꿈, 헤어진 연인… 그런 것들과 이별할 용기를 내야 합니다.

> 떠나보내는 일은 궁극적으로 새로운 세계를 창조할 공간을 내면에 확보하는 일이다.

소설가 김형경의 심리 에세이 『좋은 이별』에 등장하는 문장입니다. 소설가가 심리 에세이를 썼다니, 좀 특이하게 느껴지는데요. 이 책은 유시민 작가가 고 노무현 대통령을 떠나보낸 뒤 읽고 위로를 받았다고 해서 유명해지기도 했습니다. 작품을 통해 여러 사람의 삶을 간접적으로 살아본 소설가인 만큼, 인간의 내밀한 감정을 자세히 살핀 묘사와 더불어 세심한 위로가 가능한 것 같습니다.

작가는 이 책에서 잘 이별하는 방법, 보다 적극적인 애도 방법을 이야기합니다. 작가의 말처럼 머물러 있는 것을 떠나보내는 일은 굉장히 중요합니다. 그래야 우리 내면에 새로운 것이 들어올 자리가 생길 테니까요. 아예 없었던 일로 치부할 필요는 없지만, 집착이나 후회와 엉켜 그

것들이 우리 마음속에 큰 자리를 차지하는 건 막아야 합니다.

그리움에 대해 이야기하니 생각나는 예술 사조가 있습니다. 바로 '아르누보'인데요. 프랑스어로 '새로운 예술'이라는 뜻으로, 19세기 말에서 20세기 초에 전 유럽에서 성행했죠. 그리스·로마 중심의 고전주의에서 벗어나 새롭고 자유로운 양식을 시도한 것으로 유명합니다.

저는 아르누보 예술가들을 정말 좋아하는데요. 작품들이 워낙 아름답기도 하지만, 무엇보다 용기 있게 새로운 시도를 한 순수한 열정이 느껴지거든요. 구스타프 클림트, 알폰스 무하, 윌리엄 모리스 등이 대표적인 작가인데, 특히 저는 무하의 작품을 볼 때마다 왠지 모를 그리움에 사로잡히곤 합니다. 처음 무하의 작품을 접했을 때가, 막 새로운 사랑을 키워나갔을 때라서 그랬을까요? 부드러운 곡선, 따뜻한 색감, 다정한 표정을 띤 여신들의 모습이 왠지 포근하면서도 따뜻하게 제 감정을 안아주는 것처럼 느껴지고, 사랑하는 사람을 그리워하게끔 만들어주는 것 같습니다.

알폰스 무하는 체코의 국민화가로 불립니다. 정말 많

은 이의 사랑을 받아왔고, 오늘날까지 많은 영향을 끼치고 있죠. 국내에서도 2020년에 전시회가 열렸었는데, 폭발적인 성원에 전시기간이 연장되기도 했습니다.

그의 화풍은 그전까지는 거의 없던 새로운 스타일이었습니다. 게다가 작품 형식도 독특했죠. 귀족이나 부유층에게 팔기 위한 희소성 있는 작품이 아니라, 대량 생산과 유통이 가능한 포스터를 그렸죠. 대표작이자 그를 일약 스타로 만들어준 작품이 바로 연극「지스몽다」의 포스터입니다. 당대 최고의 배우 사라 베르나르를 그린 이 포스터는 그야말로 엄청난 인기를 얻었습니다. 그후 포스터 디자인뿐만 아니라 의상과 무대 디자인까지 책임지는 6년 전속 계약을 맺게 됩니다.

이런 그의 작품을 두고 당대에도 너무 대중적이고 상업적이라 좋은 예술 작품이 아니라는 비판을 받기도 했지만, 무하는 오히려 당당하게 말했다고 합니다. "대중의 감각을 자극하고 자신만의 언어로 그들을 깨우기 위해, 예술가는 유혹하는 법을 알아야 한다."

고전미술의 주요 소재인 신화와 아름다운 여신을 다룰 때에도, 그는 옛것을 답습하지 않고 자신만의 새로운

알폰스 무하, 〈지스몽다〉, 1894

개성을 살렸습니다. 누가 보더라도 '아, 이건 무하의 그림이야'라고 말할 정도로 독창적이지요. 오늘날 파리 오르세 미술관의 3층은 그의 영향을 받은 아르누보 작품들로 가득 채워져 있습니다. 그야말로 한 세상을 대표한 것이지요. 옛것을 간직하되, 그것과는 완전히 다른 새로운 미래를 만들어간 그의 화풍에서 저는 지난 과거와 그리움을 어떻게 다뤄야 하는지도 배울 수 있었습니다.

마지막으로 제가 가장 좋아하는 무하의 작품을 하나 더 소개하고 싶습니다. 〈사계〉 연작은 사계절을 의인화해서 그린 작품입니다. 색감에서부터 계절들의 특징이 잘 나타나죠. 저는 이렇게 계절이 바뀌는 것처럼, 우리의 시간 역시 시시각각 다르게 변한다고 생각합니다. 겨울에 봄의 꽃이 필 수 없듯이, 각각의 계절에 맞는 아름다움이 있는 거지요. 작품을 한번 천천히 감상해 보면 좋겠습니다.

여전히 지금보다 과거가 더 그립다면, 이렇게 과감하게 새로운 시대를 개척한 예술가의 작품을 살펴보는 것도 좋을 것 같습니다. 과거가 있기에 지금의 내가 있는 것이지만, 그것에 계속 발목을 붙들려서는 안 됩니다. 새로운 여행을 떠나기 위해선 이전 여행 때 썼던 가방을 비워야

알폰스 무하, 〈사계〉, 1896

하는 것처럼, 시시각각 변화하는 계절에 서로 다른 꽃과
공기와 정취가 있는 것처럼, 현재에 충실하면서 새로운 내
일을 향해 한 걸음 한 걸음 나아가길 바랍니다.

인생에
요행은 없다

종종 별로 힘들이지 않고 인생을 편하게 사는 사람들을 보게 됩니다. 나는 안간힘을 쓰며 사는데, 그들은 모든 게 운 좋게 흘러가는 것처럼 보이죠. 타고난 운이 좋거나 능력이 좋은 사람도 있겠지만, 때론 거짓이나 편법, 요행을 잘 활용하는 이도 보게 됩니다. 그럴 때마다 속된 말로 '현자타임'이 오죠. 내가 정직하게 노력하는 동안 저들은 내 머리 위에 올라 내려다보는구나, 싶어서요.

물론 그들처럼 살고 싶진 않지만, 종종 제 방식이 정말 맞나 싶을 때도 있어요. 그런데 그런 생각을 멈추게 해준 문장이 있습니다.

> 우리의 삶의 모든 중대한 순간들은 단 한 번뿐, 다시 돌아오지 않는다. 이렇게 다시 돌아오지 못함을 완전히 알고 있어야만 인간은 인간일 수 있다. 속임수를 써서는 안 된다. 그런 것을 전혀 모르는 척해서도 안 된다. 현대인은 속임수를 쏜다. 그들은 다시 돌아오지 못할 중대한 순간들을 모두 교묘히 피해 가려 하고, 그렇게 해서 아무것도 지불하지 않은 채 탄생의 순간에서부터 죽음까지 가려 한다.

밀란 쿤데라의 소설 『농담』의 한 구절입니다. 인생을 어떻게 살아야 할지, 올바른 태도에 대해 솔직하면서도 날카롭게 꿰뚫는 문장이라고 느껴졌어요. 굳이 역사적·철학적 맥락을 모르고 소설을 읽어도, 곳곳에 이처럼 명료하면서도 냉철한 메시지가 가득합니다.

저는 이 문장을 읽고, 삶의 정수를 찾은 기분이었어요. 앞으로도 내 삶의 모든 순간을 진지하게 받아들여야겠구나, 요행과 속임수를 쓰면 삶의 중요한 부분을 놓치겠구나, 라는 생각이 들었죠. 나이가 들수록 더 자주 곱씹게 되는 문장입니다. 정직하게 나이 드는 진짜 어른으로 살아가는 일에 대한 고민도 품게 됐습니다.

매스컴을 보면 주변에 추하고 악독한 인간들이 점점 더 많아지는 것 같습니다. 정직하고 본받을 만한 어른은 찾아보기 힘든 것 같아요. 그럴수록 쿤데라의 앞선 문장을 더욱 소중하게 여길 필요가 있습니다.

사실 우리는 이미 알고 있습니다. 다른 누구에게 잘 보이기 위해서가 아니라 스스로 부끄럽지 않기 위해, 인생에 후회를 적게 남기기 위해 정직하게 살아야 한다는 것을요. 거짓과 편법으로 '성공'을 거둔 이들이 편하고 안락하게 살 수는 있겠지만, 결국 진정 가치 있는 삶이란 무엇인지에 대해선 깨닫지 못할 것입니다. 뭐가 옳고 그른지도 모른 채 생을 마감하겠죠. 그런 삶을 가치 있는 삶이라고 말하는 사람은 없습니다.

얼핏 순진한 낙관주의처럼 들릴 수 있지만, 저는 거짓과 속임수는 언젠가 드러난다고 생각합니다. 거짓을 숨기기 위해 속임수를 쓰고, 그걸 감추기 위해 또 편법을 쓴다면, 잘못은 점점 더 커지기만 하겠죠. 그러니 어쩌다 거짓말을 했더라도 꼭 뉘우쳐야 하고, 잠깐 흔들려 속임수를 썼다 하더라도 결국 진실을 밝혀야 합니다.

거짓말이 달아준 날개로 당신은 얼마든지 멀리 갈 수 있습니다. 그렇지만 다시 돌아오는 길은 어디에도 없어요.

파울로 코엘료의 에세이 『마법의 순간』에 나오는 문장입니다. 많은 이에게 꿈을 심어준 명작 『연금술사』로도 잘 알려진 작가죠. 그의 소설을 읽고 있으면, 늘 새로운 꿈을 꾸게 됩니다. 뭐든 할 수 있을 것 같은 환상적인 기분에 빠져들죠. 그의 에세이도 비슷하면서 또 뭔가 다르더라고요. 좀 더 현실적이고, 작가가 살면서 모은 삶의 지혜를 짧게 농축해서 전하는 느낌이었습니다.

저는 앞선 문장에 동의합니다. 거짓을 잠시 날개처럼 달고 멀리 날아갈 수도 있겠지만, 안전한 곳으로 돌아오지는 못할 겁니다. 언젠가 그게 거짓이라는 게 들통 날 테니까요.

우리에게 중요한 건, 얼마나 멀고 높은 곳에 가느냐가 아닙니다. 어느 방향으로 가는지, 누구와 함께 갈 건지, 그리고 다시 어디로 돌아올지 고민해야 하죠. 거짓으로 가득한 이들과 함께 살 것인지, 아니면 정직한 이들과 함께 살 것인지, 선택은 우리에게 달려 있습니다.

정직한 이들만 갈 수 있는 진정한 낙원에 도착하기 위해, 우리는 또 하루를 열심히 살아야 합니다. 잘못된 유혹 앞에서 흔들리지 않기 위해, 서로를 잘 다독여가면서요.

행복에
몰입하는 방법

갑자기 나는 비둘기들을 지켜보면서 배고픈 것을 잊고 있음을 깨달았다. 그런 깨달음에 나는 경이로움을 느꼈다. 배고픔은 단지 치통 정도의 감각에 지나지 않는다는 것. 주의를 다른 곳으로 돌리면 그걸 잊을 수 있다는 것이 이상하게 여겨졌다. 갑자기 나는 몸이 가벼워짐과 동시에 자유로움을 느꼈다. 마치 악몽에서 깨어난 것 같았다.

무언가에 완전히 몰두해 본 적 있으신가요? 저는 책을 읽거나 글을 쓸 때, 종종 시간 가는 줄도 모르고 빠져들 때가 있습니다. 신경을 분산시키지 않고, 한 군데에 몰입해서 그 시간을 온전히 즐기는 거죠. 이런 몰입은 정말 많은 장점이 있습니다.

평생 떠도는 노동자로 살았던 철학자 에릭 호퍼 역시 그 장점을 잘 알고 있었던 분입니다. 앞서 인용한 문장은 『길 위의 철학자』라는 책의 일부인데요. 독특한 이력에서도 알 수 있듯, 다양한 인생 경험을 통해 깨달은 통찰이 담겨 있어 읽는 이에게 굉장히 큰 울림을 주는 책입니다.

그중 저는 굶주림에 관한 이야기를 가장 좋아하는데요. 호퍼는 사람이 굶주리면 무슨 일이 벌어질지, 먹지 않고 얼마나 버틸 수 있을지 같은 엉뚱한 궁금증을 품습니다. 그래서 실제로 사흘 동안 아무것도 먹지 않고 굶습니다. 그리고 마지막 날 저녁, 정처 없이 걷던 그는 반려동물을 파는 가게 앞에서 몇 마리 비둘기가 담긴 새장을 보게 되죠. 그리고 가만히 그들을 관찰합니다. 그리고 앞선 글을 썼지요.

마침 저도 다이어트를 하던 중이라, 글을 읽고 무릎을 탁 쳤습니다. 처지에 따라 같은 글도 달라 보인다는 것이 이런 걸 두고 하는 말이겠죠. 다들 이런 경험이 있을 거예요. 겨울 내내 두꺼운 옷 속에 숨어 포동포동 오른 살들을 봄이 되어 발견했을 때, 깜짝 놀라 다이어트를 결심하지만 잘되지 않죠. 에릭 호퍼의 책을 읽었던 그날이 그랬어요. 맞지 않는 바지를 보며 자책하다가도 다이어트로 식단 조절하는 걸 힘겨워하고 있었는데, 이 철학자가 다이어트에 대한 제 생각을 바꿔주었습니다. 아, 배고픔은 억지로 참는 게 아니구나, 다른 무언가에 집중하면 배고픔도 잊을 수 있겠구나 하고 말이지요.

그래서 조금 독특하게도, 저는 매년 다이어트를 할 때마다 에릭 호퍼를 생각합니다. 삶의 철학을 논하는 고귀한 질문에 다이어트를 대입하는 게 좀 이상할 수도 있겠지만, 우리 삶이 늘 고상하기만 한 건 아니니까요.

실제로 저는 먹는 걸 정말 좋아하는데도, 다이어트가 필요할 땐 일부러 식사 시간에 맞춰 일정을 잡습니다. 미팅이 있거나, 다른 곳으로 이동해야 할 일정이 있으면 이상하게도 배고픔을 잊게 되더라고요. 지금도 종종 이렇게 1일 1식을 실행해, 작년에 입었던 바지는 입을 수 있도록 노력하고 있습니다.

꼭 다이어트만이 아니라, 무언가에 집중한다는 건 삶

에 큰 도움이 됩니다. 누구나 살다 보면 괴롭고 힘든 순간을 겪게 됩니다. 이럴 때 안 풀리는 일을 계속 붙잡고 있으면 스트레스만 받고, 하루를 몽땅 망치게 되죠. 고민해서 해결되지 않을 문제라면, 계속 붙잡고 있어봤자 정신만 피폐해지죠. 이때는 다른 무언가에 집중하는 것이 큰 도움이 됩니다.

제 경험을 잠깐 이야기해 보겠습니다. 신입 사원 시절, 회사의 신형 기계를 판매하고 으쓱하다가, 그 기계에 문제가 생긴 적이 있었습니다. 문제가 터진 게 추석 즈음이었는데, 거래처의 전화를 받은 뒤로는 연휴 전체가 엄청난 악몽 같더군요. 지금 생각하면 그리 큰 문제도 아니고 선배에게 자문을 구해 해결하면 되는 일이었는데, 당시의 저는 '기계를 아예 반품하게 되면 어쩌지', '위에서 어떻게 생각할까' 하며 꼬리에 꼬리를 무는 걱정 끝에 퇴사까지 생각하며 슬픔에 빠져 있었습니다.

어차피 터진 문제였고 명절 때는 처리할 수도 없다면, 가족과의 시간에 집중하는 편이 좋았을 겁니다. 문제는 연휴가 끝난 뒤에 처리하면 됐죠. 물론 신입 사원이고, 처음 겪는 일이라 당황해서 그런 거였지만요. 그때 에릭 호퍼의 책을 읽었다면, 마음이 조금은 더 편안해지지 않았을까요? 게다가 며칠을 끙끙 앓았던 것에 비해, 문제는 생각보다 간단히 해결됐습니다.

새로운 문제에 직면했을 때 빠르게 몰두해 해결한다면 좋겠지만, 그게 쉽지 않다면 잠시 시선을 돌려 다른 것에 집중해 보는 것도 좋습니다. 잠시라도 그 일에서 해방되어 머리를 환기할 필요도 있고, 오히려 다른 엉뚱한 곳에서 해결의 실마리를 찾을 수 있을지도 모릅니다. 호퍼가 비둘기에서 깨달음을 얻은 것처럼 말이죠.

인생의 문제들은 의외로 엉뚱한 곳에서 해결책을 찾게 될 때가 더 많은 것 같습니다. 만약 지금 큰 어려움에 처해 있거나 스트레스에 파묻혀 계신다면, 잠시 그 상황에서 빠져나와 멀리서 자기 모습을 지켜보세요. 아니면 다른 일에 몰두해 보는 것도 좋습니다. 다음과 같은 문장을 읽어보는 것처럼 말이지요.

지금의 고통과 절망이 영원할 것 같지만 그렇지 않아요. 어디엔가 끝은 있습니다. 우리는 지금 당장 마침표가 찍히기를 원하지만 야속하게도 그게 언제쯤인지는 알 수 없어요. 다만 분명한 것은 언젠가 끝이 날 거라는 겁니다. 모든 것은 지나갑니다. 그러니 오늘의 절망을, 지금 당장 주저앉거나 도망치고 싶은 마음을, 끝 모를 분노를 내일로 잠시 미뤄두는 겁니다. 그러다 보면 어느 순간에 나를 괴롭혔던 그 순간이, 그 일들이 지나가고 있음을, 지나가버렸음을 알게 될 겁니다.

앞서 한 차례 소개해 드렸던, 한동일 작가의 『라틴어 수업』의 문장입니다. 모든 것은 지나가고 결국 영원한 것은 없다는 점. 이상하게 저는 그 사실이 허무하게 느껴지는 게 아니라 참 따뜻한 메시지로 다가왔습니다.

가정이든 회사든, 아니면 일상의 사소한 문제든 결국엔 모든 것이 우리 곁을 스쳐 지나갑니다. 문제의 소용돌이 안에 있을 땐, 그게 영원할 것만 같지만요. 그럴 때마다 스스로 되뇌어보는 겁니다. 지나간다, 결국 다 지나간다. 그리고 다시 올 봄을 상상해 보는 거예요. 「가지 않은 길」이라는 작품으로 유명한 시인 로버트 프로스트의 경구를 떠올려보는 것도 도움이 될 겁니다.

내가 인생을 살면서 배운 모든 건 세 단어로 요약할 수 있습니다. '삶은 계속 된다.'

어떤 파도가 우리를 덮쳐도, 삶이라는 항해는 계속됩니다. 우리가 살아 있고, 목적지를 잊지 않는 한 말이죠. 집중할 것과 버릴 것을 잘 판단할 때, 그 항해는 좀 더 즐거워질 겁니다. 결국 지나가고 말 불안은 흘려보내고, 눈 앞에 놓인 크고 작은 행복들을 놓치지 않고 꽉 붙잡으시기를.

시절인연

대학생 시절, 한 프로젝트를 통해 만난 인연들이 종종 생각납니다. 학교도 전공도 다양했지만 서로 너무 죽이 잘 맞았어요. 며칠씩 밤을 새우면서 우여곡절을 함께 겪다 보니 정이 많이 들었죠. 다들 오래가자고 다짐했는데, 막상 졸업을 하고 각자의 일을 하면서 자연스레 멀어지게 됐습니다. 한때는 그 사실이 무척 씁쓸했던 것 같아요. 한참 시간이 지난 후에 길에서 그중 한 명과 마주친 적이 있는데, 반가워하기는커녕 어색한 인사만 주고받았던 기억이 있습니다.

우리는 살면서 다양한 이별을 마주합니다. 꼭 연인과의 이별이 아니라도, 학교나 직장, 여러 모임에서 만난 사람들과 이별을 하죠. 요새는 다양한 모임의 기회도 많아져서, 느슨하게 만나고 헤어지는 관계에 아쉬움을 느끼는 분도 많아진 것 같습니다.

조금이라도 마음을 나눴던 이들과 멀어지고 헤어지는 게 아쉽지 않은 사람은 없을 겁니다. 우리가 만난 좋은 사람들 모두와 계속 끈끈한 관계를 이어가면 좋겠지만, 그러기란 쉽지 않습니다. 평생 함께할 거라 생각했던 이들도 어느 순간 멀어지고, 둘만의 특별한 비밀이라고 생각했던 일이 비밀이 아니게 되는 경우가 빈번하죠. 그렇게 한때, 그 시절 그곳에서만 깊게 맺고 멀어진 인연을 '시절인연'이라 부릅니다. 법정 스님의 책에도 나오는 말로, 저는 누구에게나 이런 인연이 있다고 생각합니다.

그렇다면 우리는 시절인연을 어떻게 대해야 할까요? 다시 붙잡으려 노력해야 할까요? 아니면 그냥 잊고 지내야 할까요? 법정 스님은 모든 인연에 오고 가는 시기가 있다고 말합니다. 아무리 애를 써도 멀어지는 관계도 있고, 그러다 우연히 다시 이어지는 관계도 있죠. 살다 보면 사람들의 가치관이나 생활 반경은 자연스레 달라질 수밖에 없습니다. 그럴 때 각자 다른 길을 걸어갈 수 있다는 걸, 우리는 깨달을 필요가 있습니다.

나이가 들수록, 저도 이런 헤어짐에 적응하는 것 같습니다. 오래된 모임이 해체되거나 직장에서 부서 이동이나 이직이 있을 때도 있고, 특별한 이유 없이 자연스럽게 멀어진 친구도 있죠. 그런 수많은 헤어짐 속에서 저는 이런 생각을 하게 됐습니다. '정말 인연이라면 언젠가 다시 만날 것이다. 지금 잠깐 헤어지게 됐다고 영원히 헤어지는 건 아니다'라고요.

우리는 늘 이렇게 말합니다. 언제 한번 만나자. 밥 한번 먹자. 이렇게 말하고 만나지 못한 사람들이 얼마나 많습니까. 중요한 건 과거의 인연, 잠시 떨어진 관계에 집착하기보다, 현재 내 눈앞에 있는 관계들을 소중하게 살피는 일이겠지요.

시절인연에 대해 말하자니, 피천득 시인을 빼놓을 수가 없네요. 제가 가장 좋아하는 에세이 중 하나인 『인연』에 나오는 글귀 하나를 소개해 드리겠습니다.

헤어지면 멀어진다는 그런 말은 거짓말입니다. 녹음이 짙어가듯 그리운 그대요, 주고 가신 화병에는 장미 두 송이가 무서운 빛깔로 타고 있습니다. 그러나 그것은 될 수 없는 일입니다. 주님께서는 엄격한 거부로써 우리를 지켜 주십니다.

우리는 나이를 잃은 영원한 소년입니다. 한 주일이 그리 멀더니 일 년이 다가옵니다. 가실 때 그렇게 우거졌던 녹음 위에 단풍이 지고 지난겨울에는 눈도 많이 오더니, 이제 라일락이 자리를 물러서며 신록이 짙어갑니다. 젊음 같은 신록이 나날이 원숙해집니다.

헤어지면 멀어진다는 그런 말은 거짓말이라는 표현이 정말 진실되고 낭만적으로 들리지 않나요? 굳이 만나지 않더라도, 한때의 소중한 추억과 의미가 있다면 그걸로 충분하다는 깨달음을 전해주는 글입니다. 비록 마음은 멀어지고 관계가 달라졌어도, 변하지 않는 추억이 있으니 행복하게 회상할 수 있는 거죠. 헤어짐에는 당연히 아쉬움도 남겠지만, 아름다운 기억을 영원히 간직할 수 있다면, 그것 역시 의미 있는 일일 겁니다.

함부로 인연을 맺지 마라. 진정한 인연과 스쳐가는 인연은 구분해서 인연을 맺어야 한다. 진정한 인연이라면 최선을 다해서 좋은 인연을 맺도록 노력하고 스쳐가는 인연이라면 무심코 지나쳐버려야 한다. 그것을 구분하지 못하고 만나는 모든 사람들과 헤프게 인연을 맺어놓으면 쓸 만한 인연을 만나지 못하는 대신에 어설픈 인연만 만나게 되어 그들에 의해 삶이 침해되는 고통을 받아야 한다.

법정 스님이 남기셨다고 알려진 명언 중에서 많은 이에게 사랑받는 글입니다. 사실 전 어릴 때 상처나 손해를 주는 인연을 쉽게 끊어내지 못했던 것 같아요. 모든 사람을 놓치지 말아야 한다는 강박이 있었던 거죠. 지금 생각하면 그들에게 쏟을 시간과 애정을 나를 사랑해 주는 소중한 이들에게 썼다면 어땠을까 후회가 되기도 합니다.

스님의 말처럼 사람을 정확히 구분해서 인연을 맺을 수 있다면 얼마나 좋을까요. 물론 그러기란 쉽지 않지만, 이런 문장을 마음에 새기고 나를 위하는 인연을 더 자주 생각하며, 떠나간 인연에 미련을 두는 일을 줄여갔으면 합니다.

한 사람이 지금 모습이 되기까지, 정말 얼마나 많은

관계들이 있었을까요. 저 역시 어릴 적부터 지금까지, 다양한 인연 덕분에 성장할 수 있었습니다. 중요한 건, 나에게 좋은 영향을 주는 사람과의 인연을 소중하게 여기는 자세겠지요. 그래야 앞으로 더 좋은 사람이 될 수 있을 테니까요.

여러분은 어떠신가요? 지금 행복하신가요? 만약 그렇지 않다면, 주변에 어떤 사람들을 두고 있는지 돌아보셨으면 합니다. 그리고 부디 나를 좋은 사람으로 만들어주는 이들을 곁에 두시기 바랍니다.

지금 내 곁에서 나를 웃게 해주는 이들에게
최선을 다하기로 해요.
언젠가 이별을 마주하게 되더라도 아쉽지 않도록,
최선을 다했던 시간이 아름다운 추억으로 남도록,
그리고 그렇게 서로에게 좋은 영향을 남기며,
더욱 성장한 모습으로 살아갈 수 있도록.

안녕, 소중한 사람

혹시 「레이니 데이 인 뉴욕」이라는 영화를 아시나요? 2018년에 개봉한 작품으로, 세련된 색감과 독특한 구성이 꽤나 인상적입니다. 영화를 보는 내내 분위기 좋은 재즈바에 앉아 있는 기분도 들죠. 주인공은 연인 사이인 개츠비와 애슐리, 그리고 챈인데요. 셋의 이야기도 흥미롭지만, 저는 잠깐 등장했던 개츠비의 형 이야기가 기억에 남습니다. 결혼을 앞둔 형의 집에 찾아간 개츠비에게, 형은 갑자기 자기는 파혼을 하고 싶다고 고백하죠. 개츠비가 이유를 묻자, 형은 머뭇거리다 대답합니다. "웃음소리가 끔찍해."

"고작 웃음소리 때문에?" 황당한 표정으로 반문하는 개츠비의 말 뒤로, 위층에서 너무도 독특한 웃음소리가 들려옵니다. 그때 주인공의 표정이 아직도 잊히질 않네요. 저 역시 웃음소리를 듣자마자 형의 심정이 바로 이해됐거든요.

앞선 영화의 장면을 보면서, 새삼 우리가 만나고 헤어지는 이유들이 꼭 대단한 건 아니라는 생각을 했습니다. 가족, 친구, 연인, 동료 등 모든 관계는 그냥 가족으로 태어나서, 우연히 같은 반이 돼서, 음악 취향이 비슷해서, 외모가 마음에 들어서, 같은 직장에 다니게 돼서 등 그리 거창할 것 없이 시작됩니다. 또한 아주 사소한 이유로 끝나기도 하고요. 이런 점을 생각하면, 관계가 깨졌다고 혹은 관계를 깨뜨렸다고 너무 자책하거나 허무주의에 빠질 필요는 없을 것 같습니다. 관계라는 것은 결국 너와 나 사이의 문제입니다. 물론 자신을 돌아보는 과정도 꼭 필요하겠지만, 한쪽의 일방적인 잘못만 있는 경우는 많지 않지요.

상대방이 싫어졌다는 이유만으로 도망치는 것이 아니다. 그 옆의 내가 싫어서 도망치는 경우도 있다. 그 사람 옆에 있는 자신의 모습이 낯설고 어색할 때, 혹은 그 모습이 스스로도 생각지 못하던 방향으로 변해갈 때 우리는 이별을 결심한다.

그것은 엄밀히 말해 내 탓이다. 그러나 누구도 자신과는 이별할 수 없기 때문에 우리는 상대방과 이별한다. 가장 가까운 옆 사람과 헤어지는 내가 조금은 다른 삶을 살 수 있으리라는 희망으로.

정이현 작가의 에세이 『우리가 녹는 온도』의 문장입니다. 상대가 아니라 "그 옆의 내가 싫어서" 관계를 깨뜨렸다는 말, 여러분은 공감하시나요? 저는 이 글을 읽고 지난 기억이 주마등처럼 스쳐 지나갔습니다. 누군가를 만났을 때의 내가 싫어지는 기분, 그와 만났을 때 원래 내 강점과 매력이 다 사라지는 듯한 기분. 그런 경험을 하게 되면, 자연스럽게 이별을 생각하게 되더라고요. 원래 나는 좀 더 자신감 있고 생기 넘치는 사람인데, 어떤 사람만 만나면 굉장히 조급하고 실수투성이가 되곤 했습니다.

그게 작가의 말처럼 '내 탓'일 수도 있지만, 사실 누구 탓을 하는 게 부질없죠. 그냥 서로가 너무 다르고 안 맞아서일 겁니다. 많은 분이 비슷한 경험을 했을 거예요. 그 사람 마음의 모양에 내가 맞지 않고, 내 마음의 모양에 그가 들어오지 않고, 서로 맞추려는 노력도 하기 어렵다면, 차라리 관계를 끝내는 게 나을 때도 있습니다. 드라마나 영화에선 그런 차이를 뛰어넘어 사랑에 빠지는 아름다운 결말을 보여주기도 하지만, 그 뒤에도 계속 이어지는 진짜 현실은 무시하지요.

한번은 친한 누나와 관계에 대한 이야기를 나누다 이런 말을 들은 적이 있습니다. "여자나 남자나 다 지랄맞아. 사람마다 정도만 다를 뿐이지. 그걸 참을 수 있으면 연인이 되고 부부가 되지만, 감당할 수 없으면 빨리 헤어져야해. 좋아하는 것보다 싫어하는 것을 잘 감당하고 포용할수 있어야 관계가 오래 지속되니까."

조금 과격하게 표현했지만, 관계에 관한 진실을 잘 드러내는 말이라 생각합니다. 상대의 싫은 부분이 성격일 수도, 행동일 수도, 가치관일 수도 있겠죠. 중요한 건 서로 어떤 걸 좋아하고 싫어하는지 솔직하게 대화를 나누는 일이라 생각합니다. 그걸 제대로 표현하지 못하면, 서로 서운함과 원망만 쌓이게 되니까요.

사실 가장 흔한 경우가 이처럼 서운함이 쌓여 이별하는 경우일 거예요. 작은 이유들이 계속 쌓여 커지고, 결국 그걸 감당하지 못하고 관계를 끊게 되죠. 가족, 연인, 친구 어떤 경우에도 이런 식의 이별을 좋아하는 사람은 없을 겁니다.

우리는 상대를 비난하기 위해서가 아니라, 사랑을 바라기 때문에 서운함을 표현합니다. 그만큼 소중하니까 신경이 쓰이고 상처를 받는 거겠죠. 그렇게 상대에 대한 서운함을 쌓고 있으면서도, 이별의 이유가 아닌 사랑의 이유를 더 찾는 분들에게 필요한 문장을 소개해 드립니다.

서운함을 표현하는 사람에게서 그 어떤 고백보다도 특별한 사랑의 마음을 느끼곤 합니다. 서운함을 털어내고자 하는 이유는 상대를 사랑하는 순수한 마음에 서운함이나 실망을 섞어 변색시키고 싶지 않기 때문에. 그렇게 불순물이 섞이지 않은 채로 상대를 사랑하고자 하는 마음 때문일 것입니다. 안아 주세요. 서운하다는 말은, 사랑한다는 말의 또 다른 표현입니다.

『안녕, 소중한 사람』은 주변의 소중한 사람들에게 전하는 따뜻한 글이 담겨 있는 에세이입니다. 정한경 작가의 문장을 읽으면, 과연 나에게 서운함을 표현했던 사람은 누구였을까 돌이켜보게 되더군요. 또 내가 서운함을 표현했던 상대는 누구였는지도 말이죠. 떠올려보니 이해가 되더라고요. 제가 서운함을 표현했던 사람들은, 제가 싫거나 관계를 끊고 싶은 이들이 아니라, 오히려 아끼고 사랑했던 이들이었습니다. 그만큼 제 마음을 더 알아달라는 애정 표현이었던 거죠. 그런 마음을 상대가 얼마나 알아주는지도 좋은 관계를 유지하는 데 굉장히 중요한 역할을 하는 것 같습니다. 반대의 경우도 마찬가지고요.

만남과 이별의 이유는 정말 다양합니다. 중요한 건 관계가 유지되는 동안에는, 나와 상대를 진심으로 아끼고 생각해야겠죠. 조금 낯설어도 이해하고, 작은 행동에 감사하고, 서툰 마음을 표현하는 노력을 계속한다면, 오해나 서운함도 잘 풀 수 있을 테니까요.

사소한 실수로 관계를 깨는 사람이 되지는 않았으면 합니다. 나와 너, 우리를 위해 좋은 관계를 오랫동안 유지하기를 바랍니다. 사소한 서운함으로 소중한 관계를 흔들리게 두지 말고, 상대에게 믿음을 심어주고 서로에게 행복을 선물하면 좋겠습니다.

4부

우리들의
따뜻한 날을 위해

— 함께 성장하는 시간

슬픔을
위로하는 법

여기 한 남자가 있습니다. 불과 여섯 살 때 어머니를 잃고, 유모의 손에 자랐죠. 천재적인 예술가로 자라났지만, 마음 한편에는 어머니의 사랑에 대한 갈망이 사라지지 않았습니다. 그런 그에게 한 어머니가 눈에 띄었습니다. 어머니를 잃은 자신과는 반대로 자식을 잃은 어머니였죠. 그것도 억울한 죽임을 당한 자식을 품에 끌어안은 어머니의 모습에서, 예술가는 무엇을 보았을까요?

예술가의 이름은 미켈란젤로 부오나로티입니다. 지금으로부터 500년 전인 르네상스 시대에 활약했지만, 오늘날까지 최고의 예술가를 꼽을 때 빼놓을 수 없는 사람이죠. 회화, 조각, 건축 등 다방면에서 활약했지만, 역시 대표작으로 〈피에타〉를 빼놓을 수 없습니다. 피에타란 이탈리아어로 '경외', '연민'을 뜻하는데, 십자가에서 죽임을 당하고 내려진 자신의 아들 예수를 끌어안고 슬퍼하는 성모 마리아의 모습을 다룬 예술 작품을 가리킵니다. 정말 수많은 피에타가 있는데, 그중에서도 미켈란젤로의 조각 작품이 대표적이지요.

바티칸의 성 베드로 대성당에 갔을 때 직접 작품을 본 적이 있는데, 역시나 엄청난 오라가 느껴졌습니다. 살아 있는 듯한 표정과 세밀한 옷 주름 표현은 물론, 자식의 시신을 끌어안은 어머니의 숭고하면서도 절제된 슬픔이 느껴져서 왠지 제 눈에도 눈물이 고였습니다.

세상에서 사랑하는 사람을 잃는 것만큼 슬픈 일은 없을 겁니다. 하지만 인간은 누구나 그런 슬픔을 필연적으로 느끼게 되지요. 그게 연인과의 이별일 수도 있고, 부모나 자식과의 이별일 때도 있습니다. 그렇게 예기치 않게 슬픔과 마주할 때, 우리는 어떻게 대처해야 할까요?

첫 번째 방법은 슬픔을 직면하고 충분히 슬퍼하는 것

미켈란젤로, 〈피에타〉, 1498~1499, 성 베드로 대성전 ⓒStanislav Traykov

입니다. 사랑이 큰 만큼 그걸 잃어버린 아픔도 클 것이기에, 외면하려고만 하면 오히려 마음에 더 큰 응어리로 남게 되니까요.

두 번째 방법은 사람들에게 위로를 받는 것입니다. 슬픔에 깊게 잠기다 보면, 혼자 힘으로는 벗어나기 어려울 때가 있습니다. 그럴 때 필요한 것이 주변 사람들의 도움입니다. 맛있는 걸 먹고, 햇볕을 쬐며 산책하고, 이런저런 이야기도 나누면서 몸과 마음을 위로받는 겁니다.

종종 상실의 슬픔에 잠긴 사람이 웃거나 즐거운 표정을 지을 때, 우리는 '아, 이제 더 이상 슬프지 않구나' 하고 오해할 때가 있습니다. 하지만 슬픈 사람도 종종 웃을 수 있습니다. 기쁨의 순간이 있을 수 있습니다. 하지만 그런 순간들로 한 사람의 슬픔이 얼마나 깊은지 알 수는 없습니다. 슬픈 사람에게 우리가 해줘야 하는 일은 '너 이제 괜찮구나? 슬프지 않구나?' 하고 속단하는 게 아니라, 그저 묵묵히 곁에 있어주는 것입니다.

슬픔과 관련해서는 한 불교 우화가 있습니다. 고타미라는 한 여인이 있었습니다. 그런데 어느 날, 사랑하는 아이가 그만 병으로 죽었습니다. 고타미는 깊은 슬픔에 빠졌고, 부처님을 찾아가 제발 아이를 살려달라고 울부짖었습니다. 그러자 부처님은 이렇게 말했습니다. "한 번도 장례식을 올린 일이 없는 집에서 겨자씨를 구해 오십시오."

고타미는 마을에서 마을로, 겨자씨를 구하러 다녔습니다. 모두가 흔쾌히 겨자씨를 건네려 했지만, '한 번도 장례식을 올린 일이 없는 집'이라는 조건에 예외인 곳은 없었습니다. 결국 고타미는 빈손으로 돌아왔지만, 이미 깨달음을 얻어 부처님의 제자가 되었다고 합니다.

철학자 전호근 선생님은 자신의 SNS 페이지를 통해 이 우화 속에서 고타미가 깨달음을 얻은 이유를 이렇게 설명합니다.

아마도 그녀가 마을의 모든 집을 돌아다니며 겨자씨를 얻으려 할 때마다 그 집에서 죽은 사람들과 그들의 죽음을 슬퍼하는 가족들의 이야기를 들었을 것이다. 그리고 함께 슬픔을 나누며 서로 위로했을 것이다.

위로하지 않는 자는 위로받지 못하는 것이다.

여기서 저는 슬픔을 위로하는 세 번째 방법을 깨달았습니다. 바로 다른 사람을 위로하는 것입니다. 실제로 우리 사회는 슬픔을 위로하는 수많은 사람들의 연대를 통해 조금씩 더 나은 사회가 되어갔습니다.

전태일의 어머니이자 모든 노동자의 어머니 이소선 여사님의 생애에서, 세월호 유가족을 위로하는 5·18유가족의 모습에서, 자신의 슬픔을 딛고 타인의 슬픔을 위로하는, 그리하여 안타까운 슬픔이 다시 반복되지 않길 바라는 숭고한 사랑을 볼 수 있었지요.

이쯤해서 우리가 살펴볼 또 다른 〈피에타〉가 있습니다. 미켈란젤로의 작품에서 400년의 세월이 지난 뒤에 만들어진 작품입니다. 바로 독일의 조각가 케테 콜비츠의 작품이죠. 베를린 노이에 바헤에 있는 이 작품은, 미켈란젤로의 작품과는 사뭇 분위기가 다릅니다.

원제는 〈죽은 아들을 안고 있는 어머니〉로 작가가 일흔의 나이에 만든 역작이지요. 성모처럼 아름다운 모습이 아닌, 모진 세월의 풍파를 겪은 노모가 한껏 몸을 움츠리고 죽은 아들을 끌어안는 모습. 거기서 우리는 고통과 슬픔을 더욱 직관적으로 느낄 수 있습니다. 실제로 작가는 아들과 손자를 제1·2차 세계대전으로 잃은 아픔이 있었기에, 그 슬픔을 더욱 애절하게 담은 것 같습니다.

케테 콜비츠, 〈죽은 아들을 안고 있는 어머니〉, ⓒRafael Rodrigues Camargo

그런데 이 작품에는 한 가지 특별한 장치가 있는데요. 바로 실내에 있음에도 천정이 뚫려 있어서, 비가 오거나 눈이 올 때 그것을 고스란히 맞도록 설치됐다는 점입니다. 어떤 모진 상황에서도 아들을 안고 슬픔에 잠긴 어머니의 감정이 더욱 생생하게 느껴지도록 설계한 것이지요.

케테 콜비츠는 이 밖에도 반전과 평화를 주제로 한 작품 활동을 계속했습니다. 그리고 자신의 작품을 통해 다른 사람들의 슬픔을 위로했지요. 그는 자신의 일기에 이렇게 썼습니다.

구제받을 길 없는 사람들, 상담도 변호도 받을 수 없는 사람들, 정말 도움을 필요로 하는 이 시대의 사람들을 위해 한 가닥의 책임과 역할을 담당하려 한다.

누군가의 슬픔을 완벽하게 위로하는 건 불가능합니다. 당장 내 마음의 슬픔조차도 내 의지대로 다스릴 수 없으니까요. 저 역시 살면서 많은 상실을 겪었고, 또 겪을 테지만, 아마 마주할 때마다 똑같이 어렵고 슬플 것 같습니다. 여러 번 겪어도 결코 적응할 수 없는 것 중 하나가 바로 상실이 아닐까요.

롤랑 바르트는 『애도일기』에서 상실의 슬픔에 대해 이렇게 말했습니다.

> 이런 말이 있다(마담 팡제라가 내게 하는 말): 시간이 지나면 슬픔도 차츰 나아지지요. 아니, 시간은 아무것도 사라지게 만들지 못한다; 시간은 그저 슬픔을 받아들이는 예민함만을 차츰 사라지게 할 뿐이다.

우리는 아픔을 견디며, 계속해서 살아가야 합니다. 슬픔과 절망 속에서도 기쁨과 활기를 찾아야 하죠. 그러기 위해선 자신의 마음을 마주 보고, 타인에게 위로를 받고, 또 위로를 건네야 합니다. 가까운 사람들에게 최선을 다하는 것도 한 방법이겠지요. 가까울수록 그 소중함을 가볍게 여길 때가 있는데, 좀 더 따스한 시선과 애정 어린 표현을 나눌 필요가 있습니다.

앞서 이야기한 두 피에타상을 보며, 저는 어머니의 얼굴을 떠올렸습니다. 오늘은 오랜만에 전화를 드려보려 합니다. 그리고 평소에 잘 하지는 않지만, 늘 마음에 두고 있던 말도 전하려 합니다. 그냥 생각이 나서 전화를 드렸다고, 많이 사랑한다고 말이에요.

여행이 온다

나는 '온다'라는 말을 좋아해.

비가 온다.

눈이 온다.

아침이 온다.

봄이 온다.

사람의 힘으로는

막을 수 없는 것들 있잖아.

도무지 사람의 힘으로는 막을 수 없는 것들…

아마, 그런 모든 것들을 사람들은

'온다'라고 얘기하나 봐.

비가 오고 눈이 오는 것처럼.

아름다운 노랫말로 유명한 작사가이자 작가 심현보의 에세이 『사랑, 마음이 시킨 가장 고마운 일』에 나오는 문장입니다. 왠지 시처럼 느껴지기도 하고, 곱씹을수록 마음 한편이 몰랑몰랑해지는 글이죠. 제가 좋아하는 정현종 시인의 「방문객」이 떠오르기도 하고요.

저는 이 글을 읽고, 우리가 쓰는 말에도 참 다양한 뜻이 담길 수 있겠다는 생각을 했습니다. '온다'라는 말 하나에도 이렇게 다양한 온기가 담겨 있으니까요.

물론 우리에게 다가오는 것들에 늘 좋은 것만 있는 건 아닙니다. 외로움이 올 수도 있고, 불행과 슬픔이 찾아올 수도 있죠. 누가 불쑥 초인종을 누를지는 알 수 없습니다. 하지만 결코 잊지 말아야 할 것은, 어디까지나 그들은 손님이라는 겁니다. 내 마음의 주인은 나입니다. 어떤 손님을 내 집에 얼마나 머무르게 할 것인지는 전적으로 나의 선택에 달려 있지요.

요즘 여러분의 마음에는 어떤 손님이 찾아오고 계신 가요. 저는 옛 추억들을 더 자주 떠올리게 됩니다. 모두가 비슷한 처지일 테지만, 지난 2년간 코로나 바이러스의 출몰로 집에서 대부분의 시간을 보냈기 때문입니다. 좋아하던 여행도 자주 갈 수 없고, 친구들과 만나는 일도 쉽지 않아서, 그 모든 게 자유롭던 때가 그리울 수밖에 없었지요.

그래서 저는 요즘 부쩍 여행 에세이를 즐겨 읽습니다. 간접적으로 여행하는 기분도 나고, 작가의 시선을 따라가다 보면 미처 생각하지 못했던 새로운 시선을 발견하게 되거든요. 여행의 또 다른 즐거움을 느낄 수 있습니다.

그렇게 읽었던 여행 에세이 중에 최갑수 작가의 책들이 있습니다. 그의 책에는 늘 직접 찍은 사진과 함께 여러 단상들이 담겨 있는데, 작가 특유의 감성이 참 좋습니다. 특히 『우리는 사랑 아니면 여행이겠지』라는 책을 가장 좋아하는데요. 서정적인 제목도 좋고, 안에 담긴 여러 문학 작품들의 문장도 좋고, 작가의 글과 사진도 마음 한편을 간지럽힙니다. 여기서는 지금 상황과 가장 잘 맞아떨어지는 한 문장을 소개하려 합니다.

문득 여행이 좋아서 여행을 했던, 그 시절이 그리웠다. 표를
사기 위해서는 매표소로 가야 했고, 고백하기 위해서는 당신
앞에 서야 했던 더없이 단순했던 그 시절.

이 글을 읽고 저도 모르게 탄식을 했습니다. 너무도
지금 제 마음을 대변하는 듯한 문장이었거든요. 여행에 대
한 그리움, 표를 사러 매표소까지 가는 길에서 느껴지는
설렘, 사랑하는 사람에게 다가가기 위한 용기들… 순수하
게 행복했던 시절이 생생하게 느껴지는 문장이었습니다.

지금이야 표를 사기 위해서는 스마트폰 앱만 켜도 되
지만, 예전에는 모든 것이 수동이었습니다. 매표소를 찾아
서, 줄을 서서, 표를 사야 했죠. 조금 불편하게 느껴질 수
도 있지만, 나름대로 낭만이 있었습니다. 사랑은 또 어떤
가요. 요즘에야 전화나 메신저로도 고백을 한다지만, 역시
나 낭만적인 건 사랑하는 이에게 직접 고백의 말을 버벅
거리던 순간이 아닐까 합니다.

나이가 들면 점점 설렘이란 단어와 멀어진다지만, 그
래도 종종 설레고 싶은 마음은 어쩔 수 없나 봅니다. 연세
지긋한 어르신들도 늘 마음만은 청춘이라고 말씀하시는

데, 저 역시 사랑하는 사람들과 함께한 추억으로, 아름다운 문장들과 함께 여행을 떠나며 계속 설레고 싶네요.

그리고 이렇게 떠나고 싶은 마음을 또 다른 이야기로 풀어낸 책이 있습니다. 엄지사진관 작가의 『좋은 건 같이 봐요』라는 에세이입니다.

좋아하는 것을 원 없이 보고, 좋아하는 노래를 듣고, 점심부터 맥주를 마시는 여유도 좋지만, 가장 좋은 건 돌아갈 곳이 있다는 '안정감'이다. 어쩌면 돌아갈 곳이 있기에 낯선 곳에서 즐거움을 누릴 수 있는 게 아닐까.

세상은 이렇게나 넓고 다양한 모습인데, 우리는 짧은 인생동안 이런 낯선 풍경을 얼마만큼 볼 수 있을까? 매일 똑같은 출퇴근길과 비슷한 패턴의 업무를 마주하는 나에게 어딘가에 있는 낯선 세계는 그 존재만으로 삶에 대한 기대를 불어넣어 준다. (…) 그렇게 나는 오늘도 떠날 수 없는 이유를 지우고 떠나야 하는 이유를 채운다.

저는 이 글을 보며 역시 여행에 대한 시선은 사람마다 다르다는 생각을 했습니다. 언젠가 집으로 돌아가야 한다는 사실이 나쁜 게 아니라, 오히려 안정감을 준다는 말이 특히 좋았어요.

문득 14년 전, 1년간 해외로 배낭여행 겸 어학연수를 떠났던 시절이 떠올랐습니다. 먹을 것도 줄이고 잠도 가장 허름한 데서 자면서, 참 많은 도시를 여행했습니다. 오랫동안 고대하던 시간이었지만, 무언가 채워지지 않는 기분이 들었습니다. 누군가는 배부른 소리를 한다고 생각할 수 있지만, 개인적으로는 무척 힘들었습니다.

종종 여행지에서 즐거웠던 기억도 떠오르지만, 저는 지금이 좋습니다. 사랑하는 가족과 마음의 안식처가 있을 때, 여행지의 낯섦과 설렘을 더 잘 즐길 수 있단 걸 알고 있으니까요.

또한 마지막 문장도 마음을 설레게 합니다. 떠날 수 없는 이유를 지우고 떠나야 하는 이유를 채우는 것, 여행의 설렘이란 꼭 여행지에 도착해서 머무르는 순간만 느낄 수 있는 게 아니라, 이처럼 여행을 떠나야 하는 이유를 찾아가는 일상에서부터 시작되는 게 아닐까요?

다들 무척 어려운 시기를 보내고 있습니다. 하지만, 언젠가는 다시 일상을 벗어나 여행을 떠날 수 있는 날이 찾아오겠지요. 그때를 위해, 앞서 소개했던『우리는 사랑 아니면 여행이겠지』에 나오는 또 다른 문장을 선물로 드립니다.

우리의 사랑이(여행이) 계속되어야 하는 이유는 무엇 때문일까요. 사랑(여행)이 없다면 생이 얼마나 밋밋할까요, 지루할까요, 권태로울까요. 모험이 없으면 경이가 없는 법. 내가 당신에게 고백하고 배낭을 꾸려 여행을 떠나는 것도 이 때문이겠죠. (지난번의 지루했던 사랑을, 위태로웠던 여행을 잊어버린 이유도 있겠습니다만.) 자, 어쨌든, 두 손을 맞잡고 국경을 훌쩍 다시 넘어봅시다. 저 너머엔 우리의 가슴을 쿵쾅거리게 해줄 만한 뭔가가 있겠죠. 오늘은 사랑하기(여행하기) 좋은 날씨입니다.

인생의 맛

우리에게는 오감이 있습니다. 시각 · 청각 · 후각 · 미각 · 촉각… 우리는 이 다섯 가지 감각을 이용해 살아가죠. 여러분은 이 중에서 어떤 감각을 가장 중요하게 생각하시나요? 당연히 모두 중요하겠지만, 저는 그중에서도 사람을 가장 행복하게 만드는 것은 미각이라고 생각합니다.

한국인의 대표 인사말이 "밥 먹었어?", "언제 밥 한번 먹자"인 것처럼, 일상에서 우리가 가장 쉽게 행복을 느끼는 때가 바로 맛있는 음식을 먹을 때이기 때문인데요. 저역시 맛있는 음식을 먹을 때 정말 큰 행복감을 느낍니다.

특히, 좋아하는 음식은 그걸 먹기 전날부터 맛을 상상하며 콧노래를 부르기도 하죠.

음식과 관련해서는 재미있는 뒷이야기가 하나 있습니다. 이탈리아 나폴리에서 시작된 피자는 원래 서민들의 음식이었다고 합니다. 당연히 왕족이나 귀족은 이를 먹지 않았는데요. 정작 나폴리의 왕 페르디난도 1세는 피자를 너무 좋아해서, 평민으로 분장해서 자주 민가를 찾을 정도였다고 합니다. 이렇듯 음식에는 신분이나 환경을 초월해, 사람을 절대적으로 행복하게 만드는 기능이 있는 것 같습니다.

우리는 인생을 다양한 맛으로도 표현합니다. 단맛 · 짠맛 · 매운맛 등 삶의 여러 순간을 맛에 비유하죠. 이렇게 비유하면 사람들 대부분 단맛만 느끼며 살고 싶다고 말할 테지만, 인생이 그리 쉽나요. 종종 원하지 않는 맛인데도, 끝까지 씹어 삼켜야 할 때도 있습니다.

지금 여러분들의 삶은 어떤 맛인가요? 나이가 들수록 미감이 떨어진다던데, 혹시 단맛보다 쓴맛을 더 자주 느끼지는 않나요? 그런 분들에게 이 문장을 처방해 드리고 싶습니다.

특별한 것 없는 일상적이고 단조로운 풍경을 보면서 맛은 음식에 있는 게 아니라 함께하는 사람에, 그곳에, 그 풍경에 녹아든다는 걸 알았다. 맛이 있는 곳에 사람이 있고 맛이 있는 곳에 풍경이 있는 곳이 아니라, 그 사람이 있는 곳에 맛이 있고 그 풍경이 있는 곳에 맛이 있다는 사실. 그래서 나는 그 맛을 사랑하게 되었구나.

나영란 작가의 에세이 『직장생활의 맛』에 나오는 한 문장입니다. 맛깔난 문장이라는 게 무엇인지 느낄 수 있는 책인데요. 생각해 보면 우리가 정말 음식을 맛있게 먹은 때는 당연히 음식 자체도 맛있었지만, 무엇보다 좋아하는 사람과 함께할 때였던 것 같습니다. 요즘에는 '혼밥'도 유행을 하고, '먹방'을 보며 먹기도 하는데요. 충분히 그럴 수 있다고 생각하고 저 역시 그럴 때가 많지만, 한편으로는 안타깝기도 합니다.

'인간 시계'라 불릴 정도로 철저하게 자기 일정을 지켰다는 철학자 이마누엘 칸트는 무려 250여 년 전에 혼밥에 대해 이렇게 말한 적이 있습니다.

홀로 하는 식사는 좋지 않다. 혼자 생각에 잠겨서 고독한 식사를 하다 보면 점점 쾌활함을 잃는다. 혼자일수록 위트와 유머, 활기를 잃지 마라.

철학자는 행복이란 좋은 사람들과 함께 식사하는 것이라고도 말했습니다. 그러니 만약 요즘 입맛이 없거나 식사 시간이 즐겁지 않다면, 아끼는 사람과 식사 약속을 잡아보는 것도 좋을 것 같습니다. "언제 밥 한번 먹자" 하고 말만 하는 게 아니라, 진짜 약속을 잡아보세요.

맛은 늘 우리에게 위안을 줍니다. 너무 정신없고 지친 하루를 보냈을 때, 맛있는 음식과 술 한잔은 그 모든 피로를 씻어주지요. 또한, 어릴 적 부모님이 사오시던 치킨이나 아이스크림은 어떻습니까?

생각해 보면 지금 나는 아주 작은 것으로 만족한다. 한 권의 책이 마음에 들 때, 내 마음에 드는 음악이 들려올 때, 마당에 핀 늦장미의 복잡하고도 엷은 색깔과 향기에 매혹될 때 또 비가 조금씩 오는 거리를 혼자 걸었을 때 나는 완전히 행복하다. 맛있는 음식, 진한 커피, 향기로운 포도주, 생각해 보면 나를 기쁘게 해주는 것들이 너무 많다.

전혜린 작가의 에세이 『그리고 아무 말도 하지 않았다』의 한 문장입니다. 한 권의 책, 마음에 드는 음악, 마당에 핀 늦장미… 이런 사소한 것 하나에 기쁨을 느끼는 것처럼, 우리는 맛있는 음식을 통해서도 삶의 기쁨을 찾을 수 있습니다.

음식을 먹는다는 건 아주 사소한 일입니다. 하지만 그 사소한 것을 통해 우리는 사랑하는 사람과 행복한 시간을 나누며, 마음의 안식을 느낄 수 있죠. 혹시 다이어트를 한다고 음식을 절제해 본 분은 공감하실 텐데요. 온 세상이 우울하고 모든 게 슬퍼 보이는 기분 말입니다. 저 역시 주기적으로 다이어트와 폭식을 반복하는 입장이라 그 마음을 충분히 이해합니다. 지나친 폭식도 삼가야겠지만 무리한 다이어트도 인생을 불행하게 만드니, 무엇이든 절제를 잘 해야겠지요.

또한 맛은 사랑하는 사람의 마음을 대변하기도 합니다. 맛있는 음식을 앞두고 함께 먹고 싶은 생각이 들면 사랑하는 거라는 말이 있습니다. 종종 거래처분들과 식사를 할 때 가족에게 음식 사진을 찍어 보내거나, 집으로 음식을 포장해서 가는 경우가 있는데, 저도 모르게 웃음이 지어지면서 그 장면이 너무도 아름답게 느껴졌습니다. 제 마음까지 흐뭇하고 따뜻해졌지요.

여러분 모두 맛있는 삶을 사셨으면 좋겠습니다.
꼭 엄청난 행복이 아니어도,
작고 소소한 것에도 행복을 느낄 수 있습니다.
사랑하는 사람과 함께라면 더욱 좋겠죠.
지치고 힘든 일이 많은 인생에서,
마음에 작은 온기를 피울 수 있는 사소한 것들로
우리 삶을 따뜻하게, 기쁘게, 행복하게
바꿔 나가길 바랍니다.

나만의
파랑새를 찾아서

언제 찾아도 마음이 편해지는 '나만의 장소'가 있으신가요? 아마 한두 곳쯤은 머릿속에 떠오르실 것 같은데요. 저에게도 그런 곳이 있습니다. 이른바 '3대 정원'의 하나로 꼽히는 담양의 소쇄원이죠. 길게 늘어선 울창한 대나무 숲, 맑은 물이 졸졸 흐르는 계곡, 아름다운 나무와 꽃, 그리고 그 사이로 자연스럽게 들어선 정자들이 '자연과 한데 어우러지는 멋'이 무엇인지 보여주는 곳입니다.

소쇄원을 처음 찾는 분에게 저는 꼭 안내자분의 설명을 들어보라고 권합니다. 아는 만큼 보인다는 말처럼 충분한 설명을 듣고 정원을 산책하면, 선조들의 철학이 어떻게 곳곳에 아로새겨 있는지 느낄 수 있습니다. 산책을 하는 내내 은은한 복숭아 향을 맡을 수 있도록 나무를 곳곳에 심어두었다는 것, 그리고 무엇보다 계곡 근처에 있는 광풍각이란 정자는 연기가 빠져나가는 구멍을 계곡 아래로 설계해서, 땔감을 때서 연기가 나면 정자가 마치 구름 위에 떠 있는 것처럼 보이게 했다는 대목에선 절로 감탄을 하게 됩니다. 그야말로 선조들이 꿈꾸는 지상의 무릉도원이 이런 곳이겠구나 하는 생각도 들지요.

무릉도원은 동아시아 사람들이 생각한 이상향으로, 시인 도연명이 『도화원기』에서 소개한 이야기로부터 유래됐다고 합니다. 간단히 소개하면, 어느 날 무릉에 사는 한 어부가 고기를 잡으러 계곡을 따라 올라가다 복숭아 꽃잎이 떠내려오는 것을 봤다고 합니다. 신기해서 따라 올라가다 보니 작은 굴이 나왔는데, 그 안에는 너무나도 아름다운 마을이 있었습니다. 사람들은 하나같이 평화롭고 행복해 보였는데, 물어보니 500년 전 난리를 피해 이곳으로 왔다는 겁니다. 어부는 며칠간 대접을 받고 집으로 돌아왔는데, 돌아오는 길에 써놓은 표식이 모두 사라져 다시는 찾지 못했다는 이야기지요.

다시 말해, 무릉도원이라고 해서 아주 특별한 곳은 아닙니다. 그저 세상의 잡음을 피해 평화롭게 만족하며 살 수 있으면, 그곳이 무릉도원이겠지요. 이야기 속 어부처럼, 비록 우리가 그런 곳에 영원히 머물 수는 없겠지만 잠시라도 그런 곳에서 몸과 마음을 쉴 필요는 있겠지요.

그래서 저는 일상에서 자기 나름의 무릉도원을 만드는 일이 필요하다고 생각합니다. 소소한 행복과 마음의 평화를 누릴 수 있는 곳을 스스로 만드는 거죠. 그런 곳을 만드는 저만의 노하우를 살짝 알려드리려 합니다. 누구에게나 그대로 적용될 순 없겠지만, 지친 나날 속에서 작은 빛을 찾는 데 조금이라도 도움이 되기를 바랍니다.

첫째, 일상에서 나만의 공간을 찾는 겁니다. 힘들고 지칠 땐 소쇄원 같은 곳을 찾는 것도 좋겠죠. 하지만 매번 여행을 갈 수는 없습니다. 일상의 공간으로부터 살짝 떨어진 곳에서 온전히 나에게만 집중하는 시간이 필요합니다. 저 같은 경우는 가족들이 모두 잠자리에 들고 적막이 흐르는 서재의 작은 의자에서 음악을 듣습니다. 소파 옆에 작은 등을 켜두고 가만히 음악을 듣고 있으면, 온전히 저에게 집중할 수 있고, 하루의 기분을 정리할 수 있죠.

둘째, 행복한 추억을 떠올리는 겁니다. 이때는 혼자도 좋지만, 그 추억을 다른 사람과 공유하는 것도 더욱 효과적입니다. 그렇게 서로의 추억을 공유하면서 수다를 떨다 보면, 어느새 우리를 짓누르던 근심 걱정도 얼마든지 극복할 수 있다고 느껴질 겁니다.

이때, 꼭 내 추억이 아니라 다른 사람의 추억 얘기를 들어도 좋습니다. 제가 좋아하는 작가 중 하나인 김동영 작가는 『천국이 내려오다』라는 여행 에세이에서 이렇게 말합니다.

낯선 곳에서 새로운 무언가를 배운다는 건 신나는 일이다. 이제까지의 취향에서 벗어나 낯선 걸 할 수 있었던 건 내가 집이 아닌 다른 장소에 있기 때문에 마음의 여유가 생겨서였던 것 같다. 나는 그날 이후 하루에도 몇 잔씩 에스프레소를 마셨고 마시면 마실수록 느껴지는 특유의 풍미와 운치에 즐거움을 느낄 수 있게 되었다. 이게 몇 년 전 이야기다. 요즘은 거의 매일 두 세잔의 커피를 마신다. 그리고 기억한다. 이른 아침 노천카페에 앉아 에스프레소를 처음 마셨던 그날을 말이다.

여행지에서 처음으로 에스프레소를 마셨던 순간, 그 작은 기억만으로도 우리는 치유받을 수 있습니다. 곰곰이 생각해 보세요. 너무도 행복했던 순간의 기억들을. 당장 옛날 사진들을 꺼내 봐도 좋습니다. 부모님이 찍어주신 어린 시절의 사진들, 친구들과 철부지처럼 뛰놀던 시절, 사랑하는 사람과 처음 만난 곳에서의 셀렘…. 모든 추억이 우리에게 행복과 휴식을 선사할 겁니다.

노벨상 수상자이기도 한 작가 모리스 마테를링크는 『파랑새』에서 행복에 관한 중요한 통찰을 전합니다. 이 동화는 행복을 준다는 파랑새를 찾아 곳곳을 떠돌던 남매가, 머리맡 새장 속에서 그 새를 찾는다는 내용인데요. 바로 행복은 멀리 있는 게 아니라, 바로 우리 곁에 있다는 것이지요. 마지막으로 이 아름다운 동화의 한 문장을 천천히 곱씹으면서 여러분도 나만의 '무릉도원'과 '파랑새'를 찾아보시기 바랍니다.

세상에는 사람들이 생각하는 것보다 훨씬 많은 소박한 행복들이 있거든요. 하지만 대부분의 사람들은 그런 행복을 전혀 알아보지 못해요.

남의 평가에
휘둘리지 않는 법

"그런 건 아무것도 아니야. 내가 겪어봐서 아는데…."

오랫동안 고민하던 문제가 있었습니다. 어느 정도 결심은 섰지만, 그래도 주변의 조언을 들어보고 싶어서 비슷한 경험을 했던 친구를 찾아갔죠. 친구는 여러 방면에서 많은 조언을 해줬지만, 이상하게 듣는 내내 마음이 편치 않았습니다. 집으로 돌아오는 길에 그 이유를 곰곰이 생각해 봤는데, 친구의 말이 이른바 '라떼는 말이야'였다는 걸 깨달았지요.

이렇게 누군가에게 '조언'을 얻으려고 했는데, '잔소리'만 듣게 된다면 어떨까요? 다들 자기 나름의 경험을 바탕으로 조언해 줬겠지만, 정작 받아들이는 입장에서 껄끄러운 감정을 느낀다면 서로 곤란할 것입니다.

작년에 〈밥블레스유〉라는 예능 프로그램에서 영화배우 문소리 씨가 나온 적이 있습니다. 관계에 대한 여러 가지 이야기를 했는데, 그중에서도 가장 인상깊었던 부분이 바로 정신건강의학과 전문의 정혜신 박사의 『당신이 옳다』를 인용해 타인에게 함부로 '충조평판' 하지 말라고 이야기하는 부분이었습니다. 저 역시 무척 집중해서 읽었던 책이라 더욱 공감이 됐지요.

누군가 고통과 상처, 갈등을 이야기할 때는 '충고나 조언, 평가나 판단(충조평판)'을 하지 말아야 한다. 그래야 비로소 대화가 시작된다. 충조평판은 고통에 빠진 사람의 상황에서 고통은 소거하고 상황만 인식할 때 나오는 말이다. 고통 속 상황에서 고통을 소거하면 그 상황에 대한 팩트 대부분이 유실된다. 그건 이미 팩트가 아니다. 모르고 하는 말이 도움이 될 리 없다. 알지 못하는 사람이 안다고 확신하며 기어이 던지는 말이 비수일 뿐이다.

누군가와 이야기를 할 때, 공감이 선행되지 않은 섣부른 충조평판은 상대를 위축시키거나 아픔을 키울 수 있다는 것이죠. 책을 읽으며 머리를 한 대 맞은 것처럼 멍해졌던 구절이기도 합니다. 돌이켜 보면 앞선 친구와의 사례처럼 제가 '피해자'였던 적도 있었고, 반대로 '가해자'였던 적도 있었던 것 같습니다. 스스로 '맞는 말', '팩트 폭격'을 했다고 믿었지만, 그것이 상처가 될 수도 있다는 사실은 미처 생각하지 못했던 거지요.

아무리 비슷한 상황이라고 하더라도, 세상에 아주 똑같은 상황은 없습니다. 게다가 공감이 없는 충조평판은 상대를 생각하는 제대로 된 '조언'이 아니라, 그저 자기 말만 하는 '잔소리'가 될 뿐이지요. 이 책을 읽은 이후부터는 저 스스로도 함부로 충조평판을 하지 않는지, 점검을 하게 되더군요.

제가 좋아하는 소설에도 이런 충조평판을 경계하는 구절이 있습니다. 바로 스콧 피츠제럴드의 소설 『위대한 개츠비』의 첫 문장이지요.

지금보다 어리고 쉽게 상처받던 시절, 아버지는 나에게 충고를 한마디 해주셨는데, 나는 아직도 그 충고를 마음속 깊이 되새기고 있다. "남을 비판하고 싶을 때면 언제나 이 점을 명심하여라." 아버지는 이렇게 말씀하셨다. "이 세상 사람이 다 너처럼 유리한 입장에 놓여 있지 않다는 걸 말이다."

첫 문장부터 명문으로 꼽히는 소설이 참 많은데, 저는 그중에서도 이 소설을 최고로 꼽고 싶습니다. 돌이켜보면, 우리는 타인에 대해 참 쉽게 평가하는 것 같습니다. 남의 이야기를 들을 때, 오직 자신의 경험에만 빗대어 결론을 내리려는 경향이 있죠. 인간이라면 어쩔 수 없는 부분이기도 하지만, 또한 경계해야 할 부분이기도 합니다.

저 역시 앞선 문장을 만나지 못했다면 다른 누군가에게 충조평판을 일삼았을지도 모릅니다. 사실 저만 하더라도 타인에게 조언을 구할 때 정말 해결책을 찾고 싶은 마음도 있지만, 대부분은 내 상황을 이해받거나 공감받고 싶은 마음이 더 큽니다. 그런데 상대가 그런 마음을 몰라주고, 자기 입장에서만 생각하고 결론을 내버린다면? 그것만큼 아픈 비수는 없겠죠. 모든 상황을 내 식대로 이해하고 일방적으로 표현하는 행위는 '배려'가 아니라 오히려 관계를 삭막하게 만드는 '폭력'이 될 수 있음을 알아야 합니다.

그렇다면 어떤 게 제대로 된 조언이고, 어떤 게 잘못된 잔소리·충조평판일까요? 그럴 땐 내가 상대의 입장이라면 어떨지 뒤바꿔 생각해 보는 것도 도움이 됩니다. 또 어떤 뛰어난 사람도 상대에게까지 완벽한 조언을 해줄 순 없다는 사실을 유념하는 것도 중요합니다. 개인의 경험이 누군가에게 '도움'이 될지는 모르지만, 완벽한 '해답'이 될 수는 없지요. 우리는 누구나 불완전한 존재이니까요.

당연한 말이지만 우리 모두는 어느 정도 부족함과 실수가 있어도 '있는 그대로' 괜찮다. 우리는 자신의 소중함을 평가하기 위해 다른 사람보다 더 뛰어나다는 사실을 증명할 필요가 없다. 또한 다른 사람으로부터 낮은 평가를 받는다고 해서 자신을 부족한 사람이라고 여겨서도 안 된다. 자신에게 관대해지고 스스로를 가장 친한 친구로 생각하는 것이 자기 연민의 감정을 갖는 첫 번째 단계다. 다시 말해, 커다란 이해심을 갖고 필요하면 용서를 해주는 상냥한 태도로 자신을 대할 때 자기 연민이 생긴다. 그렇게 되면 스스로를 위하는 일이 얼마나 사랑스러운 일인지를 깨닫게 될 것이다. 무언가를 이루어서가 아니라 내 존재 자체로도 충분하다.

베르너 바르텐스가 쓴 『감정 폭력』의 한 문장입니다. 누군가에게 조언을 받을 때에는 이 문장을 명심하면서, 자신감을 가질 필요도 있습니다. 타인의 경험은 어디까지나 타인의 경험일 뿐, 결국 내 삶에 대한 판단과 책임까지 그가 대신해주지는 않습니다. 스스로를 믿고, 결점과 실수가 있더라도 자기 자신을 아낀다면, 타인의 잘못된 충조평판에도 상처받거나 휘둘리지 않을 것입니다.

익어가고
있습니다

어느덧 저도 적지 않은 나이가 되었습니다. 한 해 한 해 나이를 먹을수록 여러 변화를 겪게 되는데요. 일단 일상의 크고 작은 문제를 마주할 때 좀 더 느긋해졌습니다. 어떤 일이 있어도 차분하게 대처할 수 있다는 믿음이 생겼다고 할까요. 반면 감성은 더 풍부해진 것 같습니다. 음악을 듣거나 영화를 보다가, 문득 마음이 동해 눈시울이 붉어질 때가 많아졌어요. 특히 지금은 세상을 떠난 위대한 작가들의 문장을 보면, 그들이 느낀 감정과 마음이 왜 이리 절절하게 와닿던지. 남들은 어떻게 생각할지 몰라도,

이처럼 감정이 풍부해진 건 나이가 들면서 생긴 가장 큰 기쁨 중 하나라 생각합니다.

하지만 나이 드는 것을 두려워하거나 불안해하는 사람들도 꽤 많습니다. 그들은 이렇게 말하죠. 지나간 시절이 가장 좋았다고요. 과거에 대한 회상도 물론 필요합니다. 하지만 그것 때문에 현재를 허비하고 즐기지 못하면 안 되겠지요. 날로 늘어가는 얼굴 주름까지 긍정하는 건 쉽지 않겠지만, 그럴 땐 이런 시를 읽으면서 나이 드는 일의 장점을 생각해 보면 어떨까요.

이십 대에는
서른이 두려웠다
서른이 되면 죽는 줄 알았다
이윽고 서른이 되었고 싱겁게 난 살아 있었다
마흔이 되니
그때가 그리 아름다운 나이였다

삼십 대에는
마흔이 무서웠다
마흔이 되면 세상 끝나는 줄 알았다

이윽고 마흔이 되었고 난 슬프게 멀쩡했다

쉰이 되니

그때가 그리 아름다운 나이였다

예순이 되면 쉰이 그러리라

일흔이 되면 예순이 그러리라

죽음 앞에서

모든 그때는 절정이다

모든 나이는 꽃이다

다만 그때는 그때의 아름다움을 모를 뿐이다

　박우현 시인의 「그때는 그때의 아름다움을 모른다」라는 시입니다. 동명의 시집에 실려 있는데, 저는 이 작품을 통해 시인을 처음으로 알게 되었어요. 대구에서 교사로도 일하며 학생을 가르치신다고 하는데, 시가 너무 좋아서 다른 작품들도 단숨에 읽고 말았지요.

　이 시를 보면서 어떤 생각이 드셨나요? 제게 이 시는 나이 드는 일의 아름다움을 알려준 작품이었습니다. 지금 나이가 몇이든 바로 지금 이 순간이 가장 아름다운 절정이라고, 현재의 아름다움을 만끽하며 살라고 이야기해 주었죠.

여러분은 지금 어떤 나이를 지나고 계신가요? 이 글을 읽고 있는 분들 모두 참 아름다운 나이를 살고 계실 겁니다. 어릴 때의 싱그러움, 젊은 시절의 활기, 중년의 연륜과 노년의 지혜, 모두 그 나이 때에만 가질 수 있는 소중한 자산이죠. 환경이나 지위에 상관없이 누구에게나 주어지는 인생의 선물이고요. 다가올 나이가 두려울 때마다 이 시를 떠올려보세요. 그리고 오로지 지금만 받을 수 있는, 가장 아름다운 선물을 받고 있다고 생각해 보세요.

2020 도쿄 올림픽에는 이런 생각을 몸소 보여준 선수가 있었습니다. 우리나라의 신유빈 선수와 탁구 경기를 펼친 룩셈부르크의 니시아리안 선수를 기억하시나요? 중국계 룩셈부르크인으로서 올림픽에 출전한 선수인데, 사람들은 이 둘의 경기를 백전노장과 병아리의 대결이라며 주목했습니다. 그도 그럴 것이 신유빈 선수는 2004년생, 니시아리안 선수는 1963년생으로 무려 마흔한 살 차이가 나는 세기의 대결이었죠.

니시아리안 선수는 58세의 나이로 출전해 최선을 다

했지만, 결국 경기는 신유빈 선수의 승리로 끝납니다. 하지만 결과를 떠나 그가 준 울림은 컸습니다. 경기가 끝난 후 인터뷰에서 그가 한 말들은 많은 이의 마음에 용기를 불어넣었지요.

"신유빈은 새로운 스타이자, 매우 훌륭한 선수입니다. 그리고 오늘의 나는 내일의 나보다 젊어요. 도전을 멈추지 말아야 하지만, 더 중요한 건 즐기는 것을 멈추지 말아야 한다는 거예요."

58세의 나이에 올림픽에 도전했다는 것 자체도 대단하지만, "오늘의 내가 내일의 나보다 젊다"며 용기 있는 도전을 북돋는 말에 정말 많은 생각이 들었습니다. 나이는 숫자에 불과하다는 뻔한 표현을 이렇게 멋지게 말과 행동으로 보여줄 수 있구나 싶었죠. 10년이 지난 후 60대의 그녀가 지금 50대의 자신을 얼마나 아름답게 추억하게 될까요. 나이 드는 걸 두려워하지 않고, 지금 나의 세포 하나하나가 살아 있음을 느끼며, 나의 심장 박동 소리를 무시하지 않고 끊임없이 도전하는 삶. 저 역시 본받고 싶은 삶입니다.

이런 다짐에 불을 지피는 글귀 하나를 더 소개해 드릴

까 합니다.

> 나이를 먹는 것 자체는 그다지 겁나지 않았다. 나이를 먹는
> 것은 내 책임이 아니다. 그것은 어쩔 수 없는 일이다.
> 내가 두려웠던 것은, 어떤 한 시기에 달성되어야만 할 것이
> 달성되지 못한 채 그 시기가 지나가 버리고 마는 것이다. 그것
> 은 어쩔 수 없는 일이 아니다. 나는 정말 알알하게 내 온몸으로
> 느낄 수 있는 생의 시간을 자신의 손으로 쥐고 싶다.

전 세계적으로 많은 사랑을 받는 작가 무라카미 하루
키의 여행 에세이 『먼 북소리』의 한 문장입니다. 하루키
는 소설도 무척 유명하지만, 에세이도 다수 썼는데요. 마
니아층이 아주 두텁습니다. 특히 이 책은 작가가 여행지에
서 느낀 생각들을 솔직하게 담은 작품입니다. 1986년, 그
의 나이 37세에 여행을 떠나 40세가 되어서야 집으로 돌
아온 하루키는 3년이라는 긴 시간 동안 우리가 아주 잘 알
고 있는 소설 『노르웨이의 숲』(우리에겐 『상실의 시대』로 더 잘
알려져 있습니다)과 『댄스 댄스 댄스』를 썼죠.

아마 여행지에서 하루키는 자신의 눈앞에 지나가는
모든 순간을 붙잡기 위해 노력했을 겁니다. 그렇기에 자신

의 영혼을 담은 뛰어난 작품을 써낼 수 있었던 거죠. 자신이 느꼈던 인생의 초조함과 불안감을 작품에 담음으로써 하루키는 세계적인 작가로 자리매김할 수 있었습니다.

그의 말대로 우리가 정말 두려워해야 할 것은 시간이 흐르는 것, 나이를 먹는 것이 아닙니다. 바로 소중한 현재의 시간을 하릴없이 흘려보내는 일이죠. 여러분은 오늘 하루를 어떻게 보내셨나요? 나에게 주어진 시간을 생생하게 느끼셨나요? 아니면 그저 눈앞의 일들에 떠밀리듯 사셨나요? 만약 생의 일분일초까지 오롯이 내 것으로 만들며 가슴 뛰는 삶을 살 수 있다면, 사실 나이 드는 것쯤은 아무렇지도 않게 느껴질 겁니다.

저도 이제 막 하루키가 여행을 끝마친 나이에 접어들었습니다. 올해는 제 인생에서 중요한 결정을 했고, 예전엔 미처 상상도 못 했을 많은 일들을 하며 알차게 보내고 있지만, 때로는 지나간 일에 대한 아쉬움, 다가올 미래에 대한 불안에 휩쓸렸던 적도 많았지요.

누구도 미래의 일까지 알 순 없습니다. 그러니 더욱 현재에 충실해야 합니다. 우리가 바꿀 수 있는 건 오직 현재와 미래뿐이니까요. 설령 지금까진 지극히 평범한 삶이었을지라도, 내 의지에 따라 앞으로 얼마든지 흥미롭고 알찬 나날을 만들어낼 수도 있습니다.

앞으로 살아갈 날 중에 가장 아름다운 순간이 바로 지금입니다. 우리 앞엔 여전히 놀라운 가능성이 기다리고 있죠. 그러니 좀 더 용기를 갖고 하루하루를 충실하게 살아가셨으면 합니다. 봄과 여름이 지나가도 가을이 되면 단풍이, 겨울이 되면 눈꽃이, 세상을 아름답게 물들이듯 우리에게 찾아오는 모든 인생의 계절을 만끽하시기 바랍니다.

'책 읽어주는 남자' 채널의 한 구독자가 남긴 댓글이 머릿속을 맴도네요. 한 젊은 트로트 가수가 다시 불러 유명해진 노랫말이기도 한데, 이 짧은 문장이 나이 들어가는 모든 이에게 용기가 되었으면 합니다.

"우리는 늙어가는 것이 아니라
조금씩 익어가는 겁니다."

언제 삶이
위기 아닌 적 있던가

"나이 들수록 사는 게 왜 이렇게 지긋지긋한지 모르겠다. 조금 편해질 만하면, 무슨 일이 생기고…. 마음 편할 날이 별로 없네."

오랜만에 친구들을 만났을 때, 이런 식의 신세 한탄을 듣는 경우가 많아졌습니다. 특별히 큰 문제가 있는 건 아닌데, 평범한 사람들에게도 왠지 삶이 허무하고 불안하게 느껴지는 거죠. 저 역시 그렇습니다. 성인이 되고, 가정을 갖고, 아이까지 자라나면서 행복도 커지지만, 제가 짊어진 삶의 무게가 버겁게 느껴질 때도 있으니까요.

비록 타인의 짐까지 나눌 순 없겠지만, 조금이나마 위로를 주는 시가 있습니다.

언제 삶이 위기 아닌 적 있었던가

껴입을수록 추워지는 것은 시간과 세월뿐이다

돌의 냉혹, 바람의 칼날, 그것이 삶의 내용이거니

생의 질량 속에 발을 담그면

몸 전체가 잠기는 이 숨 막힘

설탕 한 술갈의 회유에도 글썽이는 날은

이미 내가 잔혹 앞에 무릎 꿇은 날이다

슬픔이 언제 신음소릴 낸 적 있었던가

고통이 언제 뼈를 드러낸 적 있었던가

목조계단처럼 쿵쿵거리는, 이미 내 친구가 된 고통들

그러나 결코 위기가 우리를 패망시키지는 못한다

내려칠수록 날카로워지는 대장간의 쇠처럼

매질은 따가울수록 생을 단련시키는 채찍이 된다

이것은 결코 수식이 아니니

고통이 끼니라고 말하는 나를 욕하지 말라

누군들 근심의 밥 먹고

수심의 디딤돌 딛고 생을 건너간다

아무도 보료 위에 누워 위기를 말하지 말라

위기의 삶만이 꽃피는 삶이므로

이기철 시인의 「언제 삶이 위기 아닌 적 있었던가」라는 시입니다. 사실 제목만으로도 큰 위안을 주는 작품입니다. 마치 비슷한 처지의 친구가 술 한 잔을 건네며 '사는 게 마음대로 안 되지? 그런데 그게 인생인 걸 어쩌겠어'라며 마음을 토닥여주는 것 같습니다. 그렇죠. 언제 삶이 위기가 아닌 적이 있었나요?. 나이가 들수록 부담과 책임감이 옥죄어 오고, 더 이상 도망치거나 피할 곳도 없어집니다. 막막한 기분이 느껴질 때도 당연히 있지요.

하지만 "결코 위기가 우리를 패망시키지는 못한다"라는 시인의 말처럼, 우리는 매번 힘을 내 일어서고 견뎌야 합니다. 때로는 좀 오래 주저앉아 있을 수도 있고, 도무지 일어설 방법을 찾지 못할 때도 있어요. 그럴 때 저는 가장 좋았던 시절을 떠올리곤 합니다. 그러면 지금 이렇게 힘들어도 얼마든지 다시 그때로 돌아갈 수 있겠다는 생각이 들어요. 그 좋은 시절 역시 내가 만들어냈던 것이니까요. 저의 가능성을 그 시절에서 발견하는 것이지요.

혹시 프랑스의 '벨 에포크' 시대에 대해 들어본 적 있으신가요. '좋은 시대'라는 뜻으로, 19세기 말부터 20세기 초 제1차 세계대전이 발발하기 전까지의 기간을 가리키는 용어입니다. 이 시기는 그야말로 모든 것이 풍요롭고 다양한 문화가 꽃피운 시기였죠. 도시는 활기를 띠었고, 신분제도가 무너지고 시민사회가 발달하면서 개인의 권리와 존엄이 더 중요해졌지요.

귀족들만 누리던 문화생활을 시민들도 누릴 수 있게 됐습니다. 반 고흐, 앙리 마티스, 파블로 피카소, 클로드 모네 등 엄청난 예술가들도 이 시기에 나타났죠. 하지만 이런 황금기도 결국 제1차 세계대전의 참혹함 앞에 무너지고 맙니다. 이후, 유럽은 사회·문화적으로 큰 침체기를 겪었고, 결국 사람들은 풍요로웠던 시절을 그리워할 때 '벨 에포크'라는 이름을 이야기하게 됩니다.

제가 예전에 파리로 출장을 갔을 때 벨 에포크 시대의 예술품을 감상할 기회가 있었습니다. 에펠탑은 물론 오르세 미술관, 다양한 회화 작품 등을 실제로 보는 황홀한 경험을 했죠. 옛 시절의 영광이 여전히 파리를 빛내고 있다는 걸 체험했습니다. 그리고 그때 알았습니다. 비록 좋았던 시절이 지나갔어도, 사람들이 기억하는 한 아름다움은 변함없이 이어진다는 것을요.

우리 인생도 그렇지 않을까요. 삶이 아무리 고난의 연속이라 해도 분명 좋은 시절은 있습니다. 그 흔적이 우리 몸과 마음에 고스란히 남아 있을 테죠. 그런 시기를 잊지 않고 기억한다면, 위기 때마다 나를 지탱해 주는 아름다운 나만의 '벨 에포크'가 되지 않을까요?

먼 훗날, 누군가 "당신 삶의 가장 큰 위기는 언제였습니까?"라고 묻는다면 어떻게 대답할까 고민해 본 적 있습니다. 굵직한 사건들이 참 많았지만, 저는 최근의 코로나 사태도 가장 큰 위기 중 하나였던 것 같습니다. 저뿐만 아니라 전 세계 많은 사람의 삶을 바꿔놓은 사건으로, 전문가들은 세상이 코로나 이전과 이후로 나뉠 거라고 이야기합니다.

저 역시 마스크를 벗고 다니며, 친구들과 떠들썩하게 놀고, 종종 가족과 해외여행을 자유롭게 다니던 시절이 어느새 아득해졌습니다. 그런 추억들을 그리워할 때면, 왠지 코로나 이전 시대를 우리의 벨 에포크 시대라고 부를 수도 있을 것 같아요. 아직은 그렇게 자유로운 시간을 보낼 수 없지만, 그래도 언젠가 회복하게 될 소중한 일상을 고

대하며 예술 작품 하나를 소개해 드리고 싶습니다.

신인상주의를 대표하는 화가 조르주 쇠라의 대표작 〈그랑드 자트 섬의 일요일 오후〉입니다. 일단 모두 마스크를 쓰고 있지 않다는 사실만으로, 자유롭고 평화로운 분위기가 생생하게 느껴지죠. 작품의 배경인 그랑드 자트 섬은 파리 센 강변의 유명 휴양지로, 시민들이 휴식을 즐기던 곳이었습니다. 우리나라로 치면 한강 공원이 되겠네요.

당시 파리는 격동의 시기가 지나고 '벨 에포크' 시대를 맞고 있었습니다. 작품을 보면, 옷차림에서부터 굉장히 다양한 계층이 다 같이 피크닉을 즐기고 있다는 걸 알 수 있습니다. 시민 모두가 여유로운 여가를 즐기는 장면이 캔버스에 담겨 있지요.

이 작품의 또 다른 특징 중 하나는 점묘법으로 그려졌다는 겁니다. 붓으로 일일이 색점을 찍어가면서 그리는 기법인데요. 그래서 작품을 완성하는 데 2년이나 걸렸다고 합니다. 이 사실을 알고 나니 왠지 그림이 더 대단하게 느껴집니다. 이 작품을 완성하기까지 33점의 스케치와 28점의 드로잉을 남겼다고 하니, 대체 얼마나 큰 정성을 쏟은 걸까요. 화가는 비록 32세라는 젊은 나이에 생을 마감

조르주 쇠라, 〈그랑드 자트 섬의 일요일 오후〉, 1884~1886, 시카고 아트 인
스티튜트

하지만, 그 짧은 생을 불태워 남긴 걸작이 수백 년의 시간
을 건너 지금의 우리를 위로합니다.

작가 알랭 드 보통은 불안을 해소할 수 있는 방법 중
하나로 예술 작품을 통해 세상을 여행하는 것을 추천합니
다. 저 역시 이런 작품을 보며, 우리에게도 곧 누구나 이런
여유를 즐길 수 있는 시절, 서로의 미소를 보며 마음 편히
이야기를 나눌 수 있는 시절이 돌아오리라는 희망을 품었
습니다.

시련은 언제나 찾아오기 마련입니다. 멘시키가 말했다.

시련은 인생을 다시 시작할 수 있는 좋은 기회예요.

가혹하면 가혹할수록 훗날 쓸모가 있습니다.

시련에 져서 좌절하지 않는다면 말이죠.

무라카미 하루키의 소설 『기사단장 죽이기』에 나오는 문장입니다. 이처럼 위기는 언제 어디서 어떤 형태로 우리를 다시 덮칠지 모릅니다. 중요한 건 이미 들이닥친 위기를 외면하지 않고, 현명하게 잘 대처하는 일이겠죠.

인생에서 다양한 위기와 힘든 순간을 맞았을 때, 이렇게 예술 작품과 좋은 문장을 통해 조금이나마 위로와 용기를 얻기를 바랍니다.

삶이 늘 평탄치만은 않다는 걸,

우리는 잘 알고 있습니다.

언제나 위기가 함께하지만,

그 뒤엔 반드시 빛나는 시간이 찾아오죠.

밤이 지나면 태양이 뜨고,

겨울이 지나면 봄이 찾아오는 것처럼 말입니다.

그러니 지금 나를 괴롭히는 것들에

너무 오래 좌절하지 말기를 바랍니다.

시련 앞에서 완전히 무너지는 일이 없기를 바랍니다.

찬란하게 빛나던 과거의 순간을 잊지 않고,

조용히 곳곳에서 빛을 발하는

현재의 아름다움을 놓치지 않으면,

언젠가 반드시 이 어둠이 걷힐 것이기에.

관점의 차이

지난날에는 걱정에 찬 아이의 슬픈 눈에는 아무리 아름다운 것이라도 우울하게만 보였는데, 이제는 그런 현상이 마술처럼 사라져버렸다. 이슬은 푸른 풀잎들 위에서 더욱 밝게 반짝거리는 것 같았고, 풀잎 사이로 부는 바람이 음악처럼 들렸으며, 하늘은 더욱더 푸르고 밝은 것만 같았다. 우리 마음의 상태가 바깥세상의 외관에 미치는 영향이 이와 마찬가지이다. 자연과 동료 친구들을 보면서 모두가 다 어둡고 음침하다고 외치는 사람들이 틀린 것은 아니지만 그 침침한 색깔들은 모두 자신의 뒤틀린 눈과 마음을 반영하는 것이다. 실제 색깔은 섬세하기에 좀 더 맑은 눈으로 볼 필요가 있다.

　영국의 대작가 찰스 디킨스의 소설『올리버 트위스트』의 한 문장입니다. 삶을 보는 관점에 관한 흥미로운 문장이죠. 더 재미있는 건, 이 문장이『올리버 트위스트』내용 중 몇 안 되는 긍정적인 묘사라는 사실입니다. 책은 시종일관 영국 사회의 불합리와 모순을 다룹니다. 무거운 기분으로 글을 읽는 와중에 이런 구절을 발견하니 사막의 오아시스처럼 느껴지더군요.

　저는 이 문장에서 "침침한 색깔은 모두 자신의 뒤틀린 눈과 마음을 반영하는 것"이라는 구절에 크게 공감했습니다. 당연하게도 세상은 우리 마음에 따라 달리 보입니다. 내 마음이 탁하면 아름다운 것도 우울하게 보일 수 있고 예쁜 것도 추해 보일 수 있죠.

　단지 이 세상이 아름답기만 하다는 단순한 말을 하려는 것은 아닙니다. 디킨스의 말처럼 세상의 색깔은 우리 생각보다 섬세하죠. 분명 주변에는 악함과 추함, 부조리도 존재하지만 그것이 전부는 아닙니다. 그런 것들만 보면 세상은 악의 공간이지만, 빛나고 아름다운 것들을 놓치지 않고 발견해내면 세상은 좀 더 밝은 공간일 수 있습니다.

모든 일을 좁은 시선으로만 바라보지 말고, 좀 더 넓게 바라볼 필요가 있습니다. 숨어 있는 아름다움을 우리가 많이 발견해 줄 때, 세상은 좀 더 아름답게 변화될 수 있을 테니까요.

삶은 관점에 따라 악몽이 될 수도, 기쁨이 될 수도 있습니다. 아니, 대체로 그것들이 여기저기 섞여 있죠. 같은 일을 겪어도 어떤 이는 교훈과 의지를 얻고, 어떤 이는 불평만 늘어놓게 됩니다. 환경이나 경험에 따라서 다르게 받아들일 수 있지만, 여기서 중요한 게 한 가지 더 있습니다. 바로 내 관점이 아무리 훌륭하고 좋다고 해도, 그걸 타인에게 권할 때는 주의해야 한다는 겁니다. 내가 경험하고 느낀 것이 전부가 아니기 때문입니다.

인터넷에 유행어처럼 도는 "라떼는 말이야"라는 표현을 아시나요. "나 때는 말이야, 이런 것도 했어"라는 식의 섣부른 조언을 비꼬는 익살스러운 표현인데요. 시대가 완전히 바뀌었음에도 여전히 과거에 머물며 자신만 옳다고 말하는 사람들 때문에 나온 말이죠. 저 또한 이런 식의 '조언'을 한 적도 있고, 들은 적도 있지요.

"야, 나 때는 대학 내내 술만 먹고도 취업 잘만 했어."

실제로 제 선배들은 저를 비롯한 후배들에게 이런 말을 하고서, 누구나 알 만한 회사에 턱턱 들어갔습니다. 그런데 수년이 지나 제가 취업을 할 때가 되니, 이건 바늘구멍에 낙타가 들어가는 수준이 아니라 바늘구멍을 새롭게 뚫어야 할 판이었습니다. 저 때도 그랬는데 요즘 청년 세대는 더 심할 겁니다. 온갖 대단한 스펙을 쌓아도 일자리하나 찾기가 하늘의 별 따기죠. 저마다 환경이 다르기에, 청년 세대의 삶은 같은 세대 안에서도 서로 다를 수밖에 없습니다. 미래상 역시 다를 수밖에 없고요. 그렇기에 무턱대고 "옛날에 우린 이런 것도 했는데 너희는 이 정도도 못 견디냐"라는 말은 굉장히 폭력적일 수 있습니다.

당연히 옛날이라고 무조건 더 편하진 않았을 겁니다. 시대별로 힘든 점은 모두 다르죠. 그러니 서로에 대한 존중심을 가지고, 함부로 평가하거나 일방적으로 주장하면 안 된다는 사실을 배워야 합니다.

하지만 이 말이 세대 간에 어떤 조언이나 대화도 필요 없다는 이야기는 아닙니다. 오히려 좋은 조언은 어느 때보다 필요하죠. 세대와 세대 사이에 서로 다른 건강한 관점들이 공유되어야, 우리 사회가 어떤 방향으로 나아갈지 제대로 논의될 수 있으니까요. 다만 조언을 할 때 '내 입장'보다 '타인의 입장'을 배려하는 일이 우선시되어야 한다는 것이죠.

올바른 관점은 인간관계에도 중요합니다. 저는 이어령 선생님의 『천년을 만드는 엄마』에 나오는 글귀를 어디선가 우연히 보고 큰 깨달음을 얻은 적 있습니다. 절판된 책이었지만, 꼭 읽고 싶어 어렵게 중고로 책을 구하기까지 했지요.

모든 행동에 '나' 자를 붙여서 말하는 사람들이 많습니다. 밥이나 먹을까, 잠이나 잘까, 음악이나 들을까. 어떤 말이든 '나' 자가 붙으면 시든 꽃잎처럼 금시 향기를 잃어버립니다. 금시 퇴색해 버립니다.

내가 하는 일만 그런 것이 아닙니다. 아이들이 하는 행동에 '나' 자를 붙이는 경우는 없었는지요. 밤낮 장난이나 하고, 밤낮 싸움이나 하고, 밤낮 컴퓨터 게임이나 하고…. 이렇게 '나' 자를 붙이면 아이들이 하는 짓이 마땅치 않게 보입니다.

그러나 토씨 하나를 바꿔보세요. '나'를 '도'로 바꿔보세요. 세상이 달라집니다. 죽었던 것들이 싱싱하게 머리 들고 일어설 것입니다. 시들하게 보이던 것들이 갑자기 눈을 비비며 일어설 것입니다. 멀리멀리 떨어져 있던 것들이 가까이 다가서며 악수를 청할 것입니다.

'나'를 '도'로 바꿔보세요. 세상이 달라집니다. 아이들이 장난을 칠 때, 컴퓨터 게임을 할 때, 그리고 싸움을 하더라도 한 번 '나'가 아니라 '도' 자로 토씨 하나를 바꿔 생각해 보세요. 장난도 잘한다고 하면 아이들이 귀엽게 보일 것입니다. 컴퓨터 게임도 한다고 하면 아이들이 다른 얼굴로 보일 것입니다.

짧게 쓰인 단상들로 이루어진 책이지만, 생각할 거리를 많이 던져줍니다. 위의 글귀를 보면 많은 것이 달라 보이지 않나요. 아이를 키우고 있는 부모님이시라면 더욱 공감이 가겠지요. 비단 아이들뿐일까요. 세상을 보는 눈이 토씨 하나로 바뀌는 겁니다. 저 역시도 이렇게 생각한 적이 많았습니다. 예를 들어, "밥이나 먹을까"라고 말하면, 그 한 끼가 소중하지 않고 그저 그런 일이 되어버립니다. 별로 먹고 싶지도 않은데 먹어야 하는 것 같죠.

하지만 다르게 표현하면 식사를 대하는 마음이 굉장히 달라집니다. "밥도 같이 먹을까"라고 표현하면 어떨까요. 밥 먹는 일이 좀 더 소중하고 다정하게 느껴지지 않나요. 하루에 세 번씩 챙겨 먹는 밥이지만, 어떻게 생각하느냐에 따라 굉장히 가치 있는 시간이 될 수 있지요.

저는 웬만하면 세상의 좋은 면만 바라보며 살려 합니다. 어둡고 추악한 것을 집중해서 바라보는 대신 깨끗하고 밝은 면을 발견하려 노력합니다. 쉽지는 않지만 일단 목표라도 그렇게 세워서 살려고 합니다. 그러기 위해 제 나름대로 세상을 좀 더 아름답게 만드는 일들도 조금씩 하고 있습니다. 물론 개인의 노력만으로 세상을 완전히 바꾸기는 어렵겠지만, 적어도 내 주변 사람들에겐 선한 영향력을 끼칠 수 있으리라 생각합니다. '책 읽어주는 남자' 채널을 통해 좋은 문장들을 많은 분과 공유하는 것도 그런 일들 중 하나이지요.

마지막으로 삶에 대한 관점을 이야기할 때 꼭 소개하고 싶은 문장이 있습니다.

어쨌거나 나는 넓은 호밀밭 같은 데서 조그만 어린애들이 어떤 놀이를 하고 있는 것을 항상 눈앞에 그려본단 말이야. 몇 천 명의 아이들이 있을 뿐 주위에 어른이라곤 나밖엔 아무도 없어. 나는 아득한 낭떠러지 옆에 서 있는 거야. 내가 하는 일은 누구든지 낭떠러지에 떨어질 것 같으면 얼른 가서 붙잡아주는 거지. 애들이란 달릴 때는 저희가 어디로 달리고 있는지 모르잖아? 그런 때 내가 어딘가에서 나타나 그 애를 붙잡아야 하는 거야. 하루 종일 그 일만 하면 돼. 이를테면 호밀밭의 파수꾼이 되는 거야. 바보 같은 것인 줄 알고 있어. 하지만 내가 정말 되고 싶은 것은 그것밖에 없어.

제롬 데이비드 샐린저의 『호밀밭의 파수꾼』입니다. 소설의 주인공 콜빌드는 위선으로 얼룩진 세상을 바라보는 청년의 순수한 시선을 대변합니다. 그는 세상의 부조리에 상처받았지만, 그 상처에 매몰되지 않고 어린아이들의 순수한 모습만큼은 자신이 지켜주고 싶다는 강한 마음을 가졌지요.

그가 세상을 바라보는 상반된 시선, 즉 비판적인 시선과 희망적인 시선은 둘 다 매우 중요합니다. 어느 한쪽에 치우친 것이 아니라, 두 가지 시선을 모두 가지고 있다는 점에서 주인공이 얼마나 강인하고 아름다운 마음을 가졌는지 알 수 있습니다.

우리는 이런 자세를 본받을 필요가 있습니다. 세상의

잘못을 날카롭게 비판할 수 있으면서도, 조금 더 희망적인 시선으로 세상의 밝은 면을 찾아내는 것. 타인의 다른 관점을 배려하면서도, 서로 이야기 나누길 두려워하지 않는 것. 그리고 세상을 좀 더 좋은 곳으로 바꾸기 위해 조금씩 노력하는 것. 이러한 관점들로 세상을 살아갈 수 있다면, 세상은 좀 더 아름다운 곳으로 바뀔 겁니다.

시작에
늦은 때란 없습니다

요즘 들어 부쩍 나이에 대해 생각이 많아졌습니다. 어느 순간 제 얼굴에도 하나둘 주름이 보이기 시작하고, 청춘이라는 말을 쓰기가 어색해지는 시간이 다가온 거죠. 우리는 이런 말들을 자주 들어왔습니다. 어른답게 행동해라, 나이를 먹으면 자기 얼굴에 책임을 져야 한다. 하지만 말이 쉽지 그 말이 어떤 의미인지 정확하게 알기란 어렵습니다. 어떤 게 어른답다는 건지, 요즘은 간단한 시술로도 주름을 없앨 수 있는데 어떻게 자기 얼굴에 책임을 지라는 걸까요?

어른이 되면 모든 일에 좀 더 현명하게 대처할 수 있을 줄 알았습니다. 하지만 저는 여전히 자주 흔들립니다. 이성적으로 판단하기보다 감정적으로 행동할 때가 많습니다. 인생을 책임지기는커녕 버겁게 느껴지는 상황도 종종 들이닥칩니다. 그러나 이것이 어른답지 못하다거나, 나이에 맞지 않는 행동이라 생각하진 않습니다.

저는 그 말들을 다르게 해석하고 싶습니다. 그저 좀 더 자신감을 지니고, 자신만의 취미와 좋은 삶의 습관들을 만들라는 뜻으로 말이죠. 남 눈치 보면서 주눅 들지 말고 언제든 당당하게 인생을 즐기라는 말이라고 생각하니 인생이 조금은 더 즐거워졌습니다.

자신감 있는 애티튜드는 패션의 가치를 높이고 우리를 돋보이게 한다. 자신에 대해 파악하고 무엇이 어울리는지 고민하다 보면 자연스럽게 자신감을 얻게 된다.

임성민 작가의 『지식인의 옷장』에 나오는 문장입니다. 외면과 내면의 멋을 만드는 태도의 차이는 자신감과 당당함에서 비롯된다는 메시지가 눈에 띄었습니다. 그리고 나에 대해 파악할수록 더 자신감이 생긴다는 말도요.

사람마다 멋의 기준, 즉 취향은 다릅니다. 이상형이나 선호하는 인상이 모두 다르듯이요. 하지만 다른 이와 다르든 말든 진정한 내 것을 찾아내 향유하는 삶은 자신감을 선사합니다. 그리고 이 자신감은 삶의 큰 무기가 됩니다. 누군가와 관계를 맺을 때에도 자신감을 잃어서는 안 됩니다. 자신감이 없다면 우리는 모든 관계의 균형을 잃어버리게 됩니다. 반대로 자신감이 있으면, 어떤 고난이 찾아오더라도 건강하게 살아갈 수 있습니다.

많은 사람이 삶에 큰 변화나 전환점을 찾아 헤매지만, 실상 건강한 삶의 변화는 아주 작은 것에서 시작됩니다. 자신감 있는 표정이라든가 스스로의 삶에 만족하는 태도, 여유로운 미소, 어떤 어려움이든 이겨낼 수 있다는 믿음 같은 거죠. 작은 풀과 나무들이 모여 숲을 이루고 큰 산을 만들어내듯, 자기 자신을 사랑하고 계속 응원해 주는 것만으로도 나이에 당당하게 책임을 질 수 있는 겁니다.

앞서 자신감과 함께 자신만의 취미와 좋은 삶의 습관들을 가질 필요가 있다는 말을 했는데요. 많은 분이 공감하시겠지만, 나이가 들수록 쳇바퀴 같은 삶에서 벗어나 자신만의 활력소를 만드는 게 필요합니다.

제가 부모님을 존경하는 이유 중 하나가 바로 규칙적으로 취미 생활을 하신다는 점인데요. 간단한 아침 운동이나 저녁 산책 같은 규칙적인 습관만으로도 무료함을 달래고 자신감도 기를 수 있다는 점을 배웠습니다. 나이만 든다고, 그저 숫자만 더한다고 삶이 저절로 깊어지지는 않습니다. 세상에 호기심을 갖고 끊임없이 공부하면서, 자기만의 루틴을 만들어 스스로 작은 성취를 이뤄가는 것이 중요합니다. 그게 정말 자기 나이에 책임을 지는 자세가 아닐까요.

무라카미 하루키의 에세이 『직업으로서의 소설가』에서는 그의 하루를 엿볼 수 있습니다. 1949년생으로 나이가 지긋하지만, 하루키는 여전히 매일 자신이 정한 시간표대로 하루를 충실하게 보냅니다. 매일 정해진 시간에 달리기를 하고, 글을 쓰며, 잠을 청하고 일어나는 생활을 반복하죠. 하루키뿐만 아닙니다. 소설가 헤밍웨이, 철학자 칸트 등 수많은 이가 자신만의 규칙적인 생활을 통해 스스로 단련했습니다.

헤밍웨이는 창의성이 내적 규율에서 나온다고도 말했는데요. 그가 노벨문학상을 받기 전후인 1954년부터

1958년 사이에 행해진 인터뷰들을 모은 책인 『헤밍웨이의 말』에서는 그의 생활 습관과 생각을 잘 이해할 수 있습니다.

소설이나 단편을 쓸 때면 매일 아침, 가능하면 해가 뜨자마자 글을 씁니다. 방해할 사람도 없고, 날은 서늘하거나 춥고, 와서 글을 쓰다 보면 몸이 더워지죠. 전날 써놓은 글을 읽어봅니다. 늘 다음에 무슨 일이 일어날지 알고 있을 때 작업을 끝내기 때문에, 거기서부터 계속 써나가요. 아직도 신명이 남아 있고 다음에 무슨 일이 벌어질지 아는 지점까지 쓴 다음, 거기서 멈추고 다음 날까지 꾹 참고 살다가 다시 시작합니다.

그가 한 말 중 더 마음에 와닿았던 문장은 다음과 같습니다.

플림프턴: 하지만 전혀 영감이 떠오르지 않을 때도 있습니까?

헤밍웨이: 물론이죠. 하지만 다음에 무슨 일이 벌어질지 알고 끝냈을 때는 계속 쓸 수 있습니다. 시작만 할 수 있으면 괜찮아요. 신명은 나옵니다.

언제든 시작할 수만 있으면 괜찮다는 말은 제게 큰 용기를 주었습니다. 무료한 삶을 긍정적인 변화로 이끌고 열정적으로 만드는 것이 시작할 용기입니다. 나이가 들수록 신중해지라는 말도 있지만, 저는 반대로 더 용기가 필요하다고 생각합니다.

무엇이든 좋습니다. 삶을 풍요롭게 만드는 것들을 스스로 찾으세요. 그리고 시작하세요. 작고 소소한 것이어도 좋습니다. 밖에 나가 산책을 하세요. 그리고 샤워를 하고 하루 30분 책을 읽는 여유를 가져보세요. 분명히 어제의 하루보다는 훨씬 나은 삶이 되었음을 느끼실 겁니다.

별것 아니지만,
위로를 주는 것들

내 마음을 잘 돌보려면 어떻게 해야 할까요? 휴식이나 명상도 도움이 되겠지만, 저는 일상에서 주변 사람들의 마음을 잘 헤아리는 것도 중요하다고 생각합니다. 다른 사람과 세상을 향한 시선이 따뜻해질 때, 비로소 나를 향한 시선에도 덩달아 온기가 더해질 수 있기 때문이죠.

내 마음을 돌보는 일과 타인의 마음을 헤아리는 일, 이 두 가지는 서로 별개의 것 같지만 사실은 밀접하게 연결되어 있습니다. 실제로 남에게 함부로 대하고 상처를 주는 사람은 자기 자신에게도 고통을 주는 경우가 많지요.

유튜브 영상을 보는데 한 댓글이 눈에 들어왔다.

힘든 일이 있어서 친구에게 털어놨더니

친구가 "너만 힘든 게 아니야. 다들 견디며 사는 거야"

라고 말했고, 그 말은 전혀 위로가 되지 않았다고 했다.

사실 나는 뜨끔했는데, 나 역시도 친구의 고민에

"나도 그랬다. 다 그렇게 산다. 힘내라"

라는 식으로 답하곤 했다.

내 딴에는 해결책이 되길 바라며 한 말이었지만, 당시

친구의 표정을 떠올려보면 도움이 되진 않았던 것 같다.

『왜 착한 사람에게 나쁜 일이 일어날까』의 저자

해럴드 쿠슈너 역시

자기 아들이 죽어갈 때 들은 사람들의 위로가

오히려 자신을 고통스럽게 했다고 한다.

그런데 돌이켜보니 자신도 20년간 다른 사람들에게

똑같은 위로를 해왔었다고.

알고 보면 위로와 공감의 실패는 참 흔한 일이다.

왜 공감은 어려운 걸까?

대체 어떻게 해야 제대로 된 위로를 할 수 있는 걸까?

김수현 작가의 『애쓰지 않고 편안하게』의 한 문장입니다. 전 세계적으로 170만 부가 팔린 베스트셀러 『나는 나로 살기로 했다』의 저자이기도 한 김수현 작가는 이 책에서는 나를 지키면서 타인과 좋은 관계를 맺는 법을 이야기합니다. 저는 위 문장의 마지막 질문을 보고 그 답을 떠올려봤습니다. 왜 공감은 어려운 걸까? 어떻게 해야 제대로 된 위로가 가능할까? 쉽게 대답하기 어려웠습니다.

누군가 그랬습니다. 관계를 유지하려면 상대가 싫어하는 걸 하지 말아야 한다고, 좋아하는 걸 해주는 것보다 싫어하는 행동 하나가 더 치명적이라고 말이죠. 우린 타인이 어떤 상황에 놓여 있으며, 어떤 마음인지 정확히 알 수 없습니다. 대화 몇 마디로, 얼핏 본 상황으로 다 안다는 듯이 판단하고 함부로 충고하는 건 최대한 피해야 합니다. 충분히 힘든 사람에게 더 깊은 상처를 더하지 않기 위해서지요.

대개의 경우, 상대는 문제 해결보다는 공감을 바라는 경우가 더 많을 겁니다. 어쭙잖은 조언보다 '내가 당신의 마음을 감히 다 헤아릴 순 없지만, 진심으로 걱정하고 있다'는 마음이면, 그리고 그 마음을 전달할 수 있다면 충분하지 않을까요?

혹시 레이먼드 카버의 소설 『대성당』을 읽어보신 적 있나요? 그는 미국의 대표적인 단편소설 작가로, 평범한 소시민의 일상 속 균열을 그만의 간결하고 날카로운 문체로 표현해 냈죠. 삶에 관한 예리한 묘사로 누구나 쉽게 몰입하게 만듭니다.

제가 가장 좋아하는 단편은 「별것 아닌 것 같지만, 도움이 되는」입니다. 저는 이 책에서 인간이 얼마나 다른 사람을 오해하기 쉬운지, 동시에 작은 이해와 위로가 어떻게 서로를 구할 수 있는지 깨닫게 되었습니다.

> "내가 만든 따듯한 롤빵을 좀 드시지요. 뭘 좀 드시고 기운을 차리는 게 좋겠소. 이럴 때 뭘 좀 먹는 일은 별것 아닌 것 같지만, 도움이 될 거요." (…) 그 롤빵은 따뜻하고 달콤했다. 그녀는 롤빵을 세 개나 먹어 빵집 주인을 기쁘게 했다.

이 부분만 보면 무척 평범한 문장처럼 보입니다. 그런데 이 문장의 화자는 왜 빵을 권했을까요? 빵이 뭐라고, 당신들에게 도움이 될 거라고 말했을까요?

이 친절한 빵집 주인 앞에는 한 부부가 서 있습니다. 부부는 얼마 전 교통사고로 아이를 잃었죠. 그런데 이들은 아이가 사고를 당하기 전, 빵집 주인에게 아이의 생일케이크를 예약한 상태였습니다. 그런데 약속한 날짜가 지나도 케이크를 찾아가지 못하자, 빵집 주인은 이들에게 전화를 걸어 빈정거리며 항의했습니다.

하지만 그의 태도는 부부가 빵집을 찾아와 사과를 하면서 달라집니다. 케이크를 찾지 못한 게 아이의 죽음과 장례 때문에 정신이 없어서였다는 걸 깨달은 빵집 주인은 자신의 오해와 잘못을 진심으로 사과합니다. 그리고 자신이 할 수 있는 최선의 위로인, 갓 구워낸 따스한 빵을 건네죠. 몇 마디 말이 아니라, 그저 빵을 나눠 먹으며 그들은 서로를 위로하게 됩니다.

우리를 살게 하는 건, 바로 이런 '별것 아닌 것 같지만, 도움이 되는' 선의와 배려입니다. 꼭 대단한 게 아니라, 작은 빵 하나로도 위로를 주고받을 수 있죠. 빵집 주인이 만약 '그건 당신들 사정이고, 내 케이크는 어떡할 거냐'고 화를 냈다면 어땠을까요? 부부가 울부짖으며 빵집 주인에게 화만 냈다면요? 서로 깊은 상처만 남았을 겁니다.

사실 저런 극단적인 상황에서 이기적으로 굴 사람은 거의 없겠지만, 요즘 사소한 순간에 '너는 너고 나는 나다'

라는 사고방식에 사로잡힌 사람이 많습니다. 상대의 사정이 어떻든, 내가 손해 보지 않는 게 중요하단 식이죠. 사실 그런 이기심은 삶에 도움이 되지 않습니다. 손해 보지 않으려다 삶에서 더 큰 걸 잃곤 하죠. 살다 보면, 점점 타인의 선의에 기대야 하는 순간이 많다는 것을 느끼게 됩니다. 아무리 나 혼자 잘 살아내려 애를 쓴대도 말이지요.

> 내가 정말 1인분을 다 할 수 있었으면, 사회가 필요 없습니다. 그러니까 결국 우리는 순간순간 어떤 때는 0.8인분, 또 다른 상황에서는 내 깜냥으로 1.5인분을 할 때도 있는 거예요. 간병하거나 누군가를 돌볼 때는 자기 몫의 1인분을 더 할 때도 있고. 그렇게 얽혀서 사는 것이지. 지금 당장 내가 1인분인가 아닌가 꼭 그렇게 따질 필요는 없는 것 같아요. 순간순간 관계에 따라서 내 역할도 계속 바뀌는 것이기 때문에.

퀴어 아티스트로서의 삶을 유쾌하게 풀어낸 에세이, 이반지하 작가의 『이웃집 퀴어 이반지하』에 나오는 문장입니다. 이 문장을 보고 정말 많이 공감했어요. 내가 0.8인분은커녕 0.5인분도 못 할 때도 많고, 때로는 내가 2인분을 감당해야 할 때도 있죠. 사람은 늘 같을 수 없기에 누군가를 돕거나 도움을 받으면서 살아야 비로소 잘 살아지는 것 같습니다. 꼭 '기브 앤 테이크' 관점이 아니더라도, 내가 보낸 선의는 어떤 식으로든 꼭 돌아오더라고요.

　그리고 가장 중요한 건, 당연히 나 자신에 대한 관용과 이해의 범위도 넓어져야 한다는 겁니다. 생각해 보면 충분히 최선을 다했고 고생한 나를 위로하고 인정해 줘도 모자랄 판에 스스로를 하찮게 여기고 채찍질하는 경우가 많죠. 자꾸만 오락가락하는 자신의 모습을 보며 실망하기도 하고요. 타인에게는 한없이 관대한데, 나에게 한없이 엄격하다면 그것만큼 불행한 일이 있을까요. 앞서 말한 것처럼 0.8인분의 나도 이해해 줘야 합니다. 그래야 타인과 도움을 주고받는 것도 수월해지고요.

　부디 우리 모두 서로를 진심으로 걱정해 주고, 좀 더 너그럽고 다정하게 토닥여줬으면 좋겠습니다. 나와 타인을 정확하게 위로하는 일은 무척 어려울 테고, 많이 실패할 테지만, 그럼에도 그렇게 위로를 건네려는 진심 어린 노력만이 세상을 더 살 만한 곳으로 만들 테니까요.

행복의 기준

인생에 주어진 의무는

다른 아무것도 없다네

그저 행복하라는

한 가지 의무뿐

그런데도

그 온갖 도덕, 온갖 계명을 갖고서도

사람들은 그다지 행복하지 못하다네

그것은 사람들 스스로

행복을 만들지

않는 까닭

사랑하는 동안에는

누구나 행복에 이르지

스스로 행복하고

마음속에서

조화를 찾는 한

그러니까

사랑을 하는 한

모든 인간에게

세상에서

한 가지 중요한 것은

그의 가장 깊은 곳

그의 영혼

그의 사랑하는 능력이라네

보리죽을 떠먹든

맛있는 빵을 먹든

누더기를 걸치든

보석을 휘감든

사랑하는 능력이 살아 있는 한

세상은 순수한

영혼의 화음을 울렸고

언제나 좋은 세상

옳은 세상이었다네

　헤르만 헤세의 「행복해진다는 것」이라는 시입니다. 헤세는 소설 『데미안』으로 너무 잘 알려진 작가인데요. 소설뿐 아니라 네 권의 시집을 내기도 했습니다. 저는 이 시를 보면 사람들에게 "지금 행복하세요?"라고 묻고 싶어집니다. 안타깝게도 우리나라 사람들 중에 "행복합니다"라고 대답하며 미소 지어 보이는 사람은 드물 것 같은데요. 수많은 이유가 있겠지만, 행복에 대한 기준이 지나치게 높은 것도 큰 원인일 것 같습니다. 여러분의 행복의 기준은 과연 어디쯤에 있나요?

우리는 습관적으로 주변 사람과 자신을 비교하고, 현재의 상황을 비관합니다. 하지만 헤세의 시처럼 보리죽을 떠먹든 누더기를 걸치든, 우리에게 사랑하는 능력만 있다면 세상은 좀 더 좋은 곳으로 바뀌지 않을까요.

인생에 주어진 의무는 없다는 것. 그저 행복하라는 한 가지 의무만 있다는 것. 삶을 살아가는 데 꼭 기억해야 할 진리가 아닐까 해요. 저 역시 지치고 힘들 때마다 이 시를 꺼내 읽습니다. 내가 너무 앞만 보고 살아가는 건 아닐까. 지나치게 기준이 높아 지금의 행복을 놓치고 있는 건 아닐까 하고 스스로 점검하면서 말이죠. 제가 지금껏 여러 문장과 예술 작품을 이야기한 것도, 결국 저 자신과 다른 사람들을 위로하고 함께 행복해지길 바라서였지요.

제 나름의 행복의 기준을 이야기해 보고 싶습니다. 저는 무언가에 집중하다가 다른 무언가를 놓쳐본 사람이라면 행복하다고 생각해요. 이게 무슨 소리냐고 하겠지만, 예를 한번 들어볼게요. 누군가를 애절하게 생각하다 내려야 할 지하철역을 놓쳐버리거나, 좋아하는 일에 열중하다 약속 시간에 늦거나, 상대방의 이야기에 푹 빠져 내 용건을 잊는 일들 말이죠. 한번쯤 겪어보셨을 겁니다.

내가 아닌 다른 것에 이 정도로 집중할 수 있는 것, 이 정도로 사랑할 대상이 있다는 것이 행복한 삶의 조건 중 하나가 아닐까요.

저도 그런 행복한 순간을 만끽할 때가 있습니다. 글을 쓸 때 저만의 루틴이 있는데요. 마음을 편하게 해주는 음악을 틀고 조명 조도를 낮추면, 이윽고 그 분위기에 빠져듭니다. 그리고 글을 쓰기 시작하는데 어느 순간 음악도 조명도 의식하지 않게 되죠. 이 세상에 글과 나만 남아 있는 기분이 듭니다. 그런 몰입의 순간이 끝나고 나면, 음악이 다시 들리면서 주위로 시선이 돌아가게 되는데요. 시계를 보면 두세 시간 정도 훌쩍 지나 있을 때가 많습니다. 그럴 때마다 그렇게 행복할 수가 없더라고요. 글쓰기의 즐거움, 즉 거창한 것이 아닌 일상 속에서 나만의 행복을 찾은 거죠.

깊은 감정이입을 경험할 때도 우리는 행복감을 느낍니다. 드라마를 보며 슬픈 장면에서 눈물을 흘리거나, 스포츠를 보며 운동선수의 호흡에 집중할 때 우리는 어느 때보다 몰입하는데요. 다른 이의 감정에 몰입한다는 건 스스로의 감정에도 충실해지는 것이기에, 시간을 허투루 쓰지 않는 셈입니다.

물론 반대의 경우도 있습니다. 싫어하는 사람과 대화하거나 귀찮은 일을 처리할 때면 시간이 거의 안 가는 것처럼 느껴집니다. 사실 이럴 때가 더 많죠. 살다 보면 즐거운 일을 할 때보다 원치 않는 일들을 할 때가 더 많으니까요. 하지만 그럴 때 계속 싫다고 질색만 하기보다, 싫어하는 상대일지라도 한번 감정을 이입해 보면 어떨까요.

사실 누군가 싫어지는 이유가 그렇게 명확한 경우는 많지 않습니다. 아주 사소한 무언가 때문에 생각이 번지고 커져 이윽고 싫어지는 것이죠. 일단 싫어지게 되면, 그 이유는 중요하지 않게 됩니다. 그러나 그저 상황에 따라 '이 사람이 이런 생각을 가지고 있구나, 왜 그렇게 생각할까?' 이런 호기심을 가지며 대화를 이어나간다면 생각보다 대화가 즐거워지기도 합니다.

이렇듯 인생 곳곳에는 행복이 놓여 있습니다. 우리는 강한 의지를 통해 그것을 발견하고 붙잡을 수 있지요. 하지만 나를 덮치는 어려움에 매몰되거나 순간의 감정에만 휩쓸려버리면, 행복을 찾지 못하고 불행한 삶에 익숙해지게 됩니다. 그저 무언가에 홀린 것처럼 시간을 무의미하게 흘려보내게 되죠.

행복은 특별한 것이 아닙니다. 굉장히 다양한 모습을 띠고 있죠. 주변만 둘러봐도 너무나 많습니다. 아침에 아무 탈 없이 일어나 하루를 맞이할 수 있다면, 어떤 방해도 받지 않고 책을 읽을 여유가 있다면, 누군가와 마음을 나누고 서로를 걱정해 줄 수 있다면, 충분히 행복한 겁니다.

사랑하는 감정만으로도 충분히 행복할 수 있고, 사랑 이외에도 행복의 조건들이 무수히 많습니다. 사실 불행할 이유보다 행복할 이유가 훨씬 많죠. 특히 이 글을 읽고 있는 분들은 누구보다 더 행복했으면 좋겠습니다. 그 마음을 담아 마지막으로 다음 글을 전합니다.

하늘의 따뜻한 바람이 그대 집 위로 부드럽게 일기를.
위대한 신이 그 집에 들어가는 모든 이들을 축복하기를.
그대의 모카신 신발이 눈 위에 여기저기
행복한 흔적 남기기를.
그리고 그대 어깨 위로 늘 무지개가 뜨기를.

체로키 인디언들의 축원 기도입니다. "그대의 어깨 위로 늘 무지개가 뜨기를" 바라는 그 마음이 참 예쁘게 느껴집니다. 제 삶에 감사하게 되고 행복해지죠.

정말 좋아하는 글이어서, 종종 사인을 할 때 써 드리기도 해요. 누구나 무지개가 뜬 모습을 보면 기뻐하며 사진을 찍어 사랑하는 이에게 보여주고 싶어 합니다. 행복은 그렇게 다른 사람과 나누는 과정에서 더 커지겠지요. 또 한 가지 살펴볼 것은, 무지개는 늘 비가 온 뒤에 뜬다는 사실입니다. 우리의 인생에도 종종 비가 내릴 것입니다. 하지만 언젠가 그 비가 그친다는 사실을 잊지 않는다면, 다시 무지개가 뜬다는 희망을 놓지 않는다면, 우리는 계속해서 행복을 만들어갈 수 있습니다.

당신의 오늘 하루는 어땠나요.
예기치 않은 비에 흠뻑 젖지는 않았나요.
설령 그렇다 하더라도,
곧 따스한 햇살이 당신을 비추길 바랍니다.
그리고 당신의 삶이 무지개처럼
여러 색으로 빛나길 바랍니다.

"무지개에 다른 색을 첨가하는 일은 무의미하다"

라는 셰익스피어의 말처럼,

나는 나로서 살아간다는 사실,

그것 하나만으로도 행복의 모든 조건을 갖추었으니

당신의 앞날에 기쁨과 사랑만이

가득 피어나기를 바랍니다.

짧은 문장 하나가 바꿀 수 있는 것

좋은 문장을 읽고 그걸 나눌 수 있다는 것은 참 기쁜 일입니다. 매일 다양한 글을 통해 힘을 얻고 위로를 받지만, 그 감동은 함께 나눌 때 더욱 커집니다. 그게 바로 제가 '책 읽어주는 남자' 채널을 운영하는 이유이고, 두 권의 인문 에세이 『내가 원하는 것을 나도 모를 때』와 이번 책 『당신이 내 이름을 불러준 순간』을 쓴 이유이기도 합니다.

짧은 문장이라 할지라도, 그 안에 깊은 통찰과 경험이 담겨 있으면 엄청난 영향력을 발휘합니다. 그야말로 한 사람의 인생을 바꾸고, 나아가 세상을 변화시키기도 하죠. 이런 문장들을 저는 '인생의 문장들'이라 부릅니다.

이렇게 제가 공유해온 문장들은 누군가에겐 그냥 무심하게 지나치는 평범한 것이겠지만, 어떤 이에겐 가슴 속에 깊이 박혀 인생의 길을 밝히는 작은 등불이 되기도 했습니다. 어떤 글이든 누군가에게는 삶의 희망이 될 수 있다는 걸 알기에, 한 문장 한 문장을 소개하는 제 마음도 늘 신중할 수밖에 없지요.

많은 분이 사랑해 주셨던 전작에 이어, 인생의 길을 앞서 걸어간 훌륭한 작가들의 문장을 소개하고, 그 안에 담긴 다양한 깨우침과 감정들을 다시 한 번 전할 수 있게 되어 기쁩니다.

'책 읽어주는 남자'를 시작한 지도 벌써 10년 가까운 시간이 지났습니다. 그 사이 참 많은 것들이 변했지만, 좋은 문장이 저를 위로하고 용기를 주고 일으켜준다는 사실은 늘 변함이 없습니다. 아니, 오히려 시간이 지날수록 더욱 절실하게 깨닫게 되었습니다. 문장 하나에 누군가의 하루를, 인생 전체를 바꿔놓는 힘이 있다는 것을 말이지요. "지친 내 마음을 유일하게 알아주는 문장을 만났습니다",

"문장을 통해 저를 사랑하는 법을 배웠습니다"라는 독자분들의 말씀은 저를 계속 앞으로 나아가게 합니다.

여러분이 이 책을 통해 다양한 작가의 문장과 예술 작품을 접하고, 자기 삶을 긍정하는 따뜻한 온기를 얻었으면 좋겠습니다. 그리고 그 따스함을 주변에 나누는 용기를 발휘해 보라는 말씀도 드리고 싶습니다. 서로 이름을 불러줄 때 우리의 관계가 다정해지듯이, 서로 좋은 문장을 나눌 때 우리의 세계는 조금 더 깊어지고 단단해질 테니까요. 이 책의 작은 온기가 나에게서 타인으로, 그리고 세상으로 전달되어, 때때로 지치고 시린 우리의 일상을 조금이나마 따뜻하게 데울 수 있기를 바랍니다.

2021년 11월
전승환

이 책에 수록된 '인생의 문장들'의 출처

14쪽   헤르만 헤세, 『데미안』(편집부 번역)

18쪽   미즈시마 히로코, 『자기긍정감을 회복하는 시간』, 이정환 옮김, 한국경제신문사, 2017

19쪽   한동일, 『라틴어 수업』, 흐름출판, 2017

23쪽   시즈쿠이 슈스케, 『클로즈드 노트』, 민경욱 옮김, 랜덤하우스코리아, 2011

25쪽   김춘수, 「꽃」

28쪽   박주영, 선고 2019고합241 판결 [자살방조미수], 울산지방법원, 2019

29쪽   양순자, 『인생 9단』, 명진출판사, 2005

33쪽 줄리언 반스, 『예감은 틀리지 않는다』, 최세희 옮김, 다산책방, 2012

34쪽 다자이 오사무, 『인간 실격』, 김춘미 옮김, 민음사, 2004

36쪽 이기철, 「벚꽃 그늘에 앉아보렴」, 『노래마다 눈물이 묻어있다』, 시인생각, 2013

38쪽 멜리사 헬스턴, 『워너비 오드리』, 이다혜 옮김, 웅진윙스, 2009

41쪽 김윤나, 『당신을 믿어요』, 카시오페아, 2019

45쪽 밥 로스, goodreads.com/quotes/7766739

46쪽 빈센트 반 고흐, 『반 고흐, 영혼의 편지』, 신성림 옮김, 위즈덤하우스, 2017

48쪽 빈센트 반 고흐, 〈영원의 문(At Eternity's Gate)〉, oil on canvas, 81×65, 1890, 크뢸러 뮐러 미술관

49쪽 빅터 프랭클, 『그럼에도 삶에 '예'라고 답할 때』, 마정현 옮김, 청아출판사, 2020

53쪽 샤를 피에르 보들레르, 『파리의 우울』, 윤영애 옮김, 민음사, 2008

54쪽 전경린, 『검은 설탕이 녹는 동안』, 문학동네, 2002

55쪽 웨인 다이어, 『행복한 이기주의자』, 오현정 옮김, 21세기북스, 2019

58쪽 카를 구스타프 융, goodreads.com/quotes/10626388

59쪽 다사카 히로시, 『사람은 누구나 다중인격』, 김윤희 옮김, 인플루엔셜, 2016

63쪽 정희재, 『아무것도 하지 않을 권리』, 갤리온, 2017

64쪽 클라우디아 해먼드, 『잘 쉬는 기술』, 오수원 옮김, 웅진지식하우스, 2020

67쪽 정여울, 『나를 돌보지 않는 나에게』, 김영사, 2019

71쪽 오병욱, 『빨간 양철지붕 아래서』, 뜨인돌, 2005

72쪽 오병욱, 〈내 마음의 바다(sea of my mind)〉, Acrylic on canvas, 117×80, 2021

74쪽 어니스트 헤밍웨이, 『노인과 바다』, 김욱동 옮김, 민음사, 2012

77쪽 정채봉, 『이 순간』, 샘터사, 2007

79쪽 케리 이건, 『살아요』, 이나경 옮김, 부키, 2017

81쪽 일자 샌드, 『센서티브』, 김유미 옮김, 다산지식하우스, 2017

87쪽 송형노, 〈담장 위의 올리비아(Olivia over the Wall)〉, oil&acrylic, 53×45.5, 2021

89쪽 권혜진, 「괜찮은 사람 하나 있었으면 좋겠네」, 『괜찮은 사람 하나 있었으면 좋겠네』, 북나비, 2010

94쪽 봉설(고차분), 〈행복한 해변〉, Acrylic on canvas, 72.7×116.7, 2020

99쪽 김연수, 『세계의 끝 여자친구』, 문학동네, 2009

100쪽 소윤, 『작은 별이지만 빛나고 있어』, 북로망스, 2021

103쪽 홍수희, 「눈빛」

104쪽 카렌 케이시, 「우리는 누군가에게 소중한 사람입니다」

108쪽 정현주, 『우리들의 파리가 생각나요』, 예경, 2015

109쪽 김향안, 『월하의 마음』, 환기미술관, 2005

112쪽 김하인, 『소녀처럼』, 생각의나무, 2002

114쪽 장 르누아르, quotefancy.com/quote/1555400

116쪽 황유미 외, 『언유주얼』Vol.1, 언유주얼, 2019

119쪽 요시모토 바나나, 『스위트 히어애프터』, 김난주 옮김, 민음사, 2015

120쪽 밀란 쿤데라, 『무의미의 축제』, 방미경 옮김, 민음사, 2014

122쪽 펠릭스 곤잘레스 토레스, 〈무제(Untitled)〉, 1991, 시카고 아트 인스티튜트 ⓒKen Lund

124쪽 마거릿 애트우드, 「잠의 변주」(정혜윤, 『아무튼, 메모』, 위고, 2020 에서 재인용)

125쪽 윤보영, 「커피」, 『세상에 그저 피는 꽃은 없다 사랑처럼』, 행복 에너지, 2020

128쪽 황경신, 『생각이 나서』, 소담출판사, 2010

133쪽 정현종, 「방문객」, 『광휘의 속삭임』, 문학과지성사, 2008

138쪽 오노레 드 발자크, goodreads.com/quotes/10368

140쪽 함석헌, 「그 사람을 가졌는가」

143쪽 이만익, 〈소나기〉, silkscreen print, 73×61, 2007, 엠케이컬렉 션 제공

145쪽 이문재, 「어떤 경우」, 『지금 여기가 맨 앞』, 문학동네, 2014

147쪽 프리드리히 니체, 『즐거운 학문: 메시나에서의 전원시 유고』, 안 성찬 · 홍사현 공역, 책세상, 2005

149쪽 앙투안 드 생텍쥐페리, 『어린왕자』(편집부 번역)

151쪽 장 지오노, 『나무를 심은 사람』, 김경온 옮김, 두레, 2018

152쪽 피천득, 『인연』, 샘터사, 2002

154쪽 노자와 히사시, 『연애시대』, 신유희 옮김, 모모, 2021

156쪽 구로야나기 테츠코, 『창가의 토토』, 권남희 옮김, 김영사, 2019

160쪽 곽정은, 『혼자의 발견』, 달, 2014

162쪽 제인 오스틴, 『오만과 편견』, 이정아 옮김, 더디(더디퍼런스), 2018

165쪽 에리히 프롬, 『사랑의 기술』, 황문수 옮김, 문예출판사, 2019

166쪽 앙투안 드 생텍쥐페리, goodreads.com/quotes/426062

168쪽 마르크 샤갈, 〈에펠탑의 신랑 신부(Les mariés de la Tour Eiffel)〉, 1938~1939, 파리 퐁피두센터 ⓒ Marc Chagall / ADAGP, Paris – SACK, Seoul, 2021

173쪽 양창순, 『나는 까칠하게 살기로 했다』, 다산북스, 2016

174쪽 신형철, 『정확한 사랑의 실험』, 마음산책, 2014

176쪽 에드워드 호퍼, 〈아침 해(morning sun)〉, 1952, 콜럼버스 미술관 ⓒpixelsniper

178쪽 묵연, 「다 바람 같은 거야」, 『다 바람 같은 거야』, 공, 2007

180쪽 아르투어 쇼펜하우어, goodreads.com/quotes/671382

182쪽 박찬국, 『사는 게 힘드냐고 니체가 물었다』, 21세기북스, 2018

184쪽 정호승, 「바닷가에 대하여」, 『외로우니까 사람이다』, 창비, 2021

186쪽 용혜원, 「어느 날의 커피」, 『한잔의 커피가 있는 풍경 1』, 민예원, 2003

189쪽 츠지 히토나리, 『사랑을 주세요』, 양윤옥 옮김, 북하우스, 2004

190쪽 노명우, 『혼자 산다는 것에 대하여』, 사월의책, 2013

192쪽 전승환, 『행복해지는 연습을 해요』, 허밍버드, 2018

195쪽 박준, 『운다고 달라지는 일은 아무것도 없겠지만』, 난다, 2017

197쪽 이병률, 『바람이 분다 당신이 좋다』, 달, 2012

198쪽 나영란, 『직장생활의 맛』, 기획공방, 2017

200쪽 전승환, 『나에게 고맙다』, 허밍버드, 2016

201쪽 림태주, 『그리움의 문장들』, 행성B, 2021

202쪽 캐서린 맨스필드, 『가든파티』, 정주연 옮김, 궁리출판, 2021

204쪽 김형경, 『좋은 이별』, 사람풍경, 2012

207쪽 알폰스 무하, 〈지스몽다(Gismonda)〉, color lithograph, 216×
74.2, 1894

209쪽 알폰스 무하, 〈사계(The Four Seasons): 봄, 여름, 가을, 겨울〉,
color lithograph, 각 103×54, 1896

211쪽 밀란 쿤데라, 『농담』, 방미경 옮김, 민음사, 1999

213쪽 파울로 코엘료, 『마법의 순간』, 김미나 옮김, 자음과모음, 2013

215쪽 에릭 호퍼, 『길 위의 철학자』, 방대수 옮김, 이다미디어, 2014

219쪽 한동일, 『라틴어 수업』, 흐름출판, 2017

220쪽 로버트 프로스트, goodreads.com/quotes/258

225쪽 피천득, 『인연』, 샘터사, 2002

229쪽 정이현, 『우리가 녹는 온도』, 달, 2017

232쪽 정한경, 『안녕, 소중한 사람』, 북로망스, 2020

238쪽 미켈란젤로, 〈피에타(Pietà)〉, Marble, 195×174, 1498~1499,
성 베드로 대성전 ⓒStanislav Traykov

242쪽 케테 콜비츠, 〈죽은 아들을 안고 있는 어머니〉, Bronze, 1914
~1932, 노이에 바허 ⓒRafael Rodrigues Camargo

244쪽 롤랑 바르트,『애도일기』, 김진영 옮김, 이순(웅진), 2012

245쪽 심현보,『사랑, 마음이 시킨 가장 고마운 일』, 중앙books, 2007

248쪽 최갑수,『우리는 사랑 아니면 여행이겠지』, 위즈덤하우스, 2015

249쪽 엄지사진관,『좋은 건 같이 봐요』, 북로망스, 2021

251쪽 최갑수,『우리는 사랑 아니면 여행이겠지』, 위즈덤하우스, 2015

254쪽 나영란,『직장생활의 맛』, 기획공방, 2017

254쪽 이마누엘 칸트,『별이 총총한 하늘 아래 약동하는 자유』, 손동현 · 김수배 공역, 이학사, 2002

255쪽 전혜린,『그리고 아무 말도 하지 않았다』, 민서출판사, 2004

261쪽 김동영,『천국이 내려오다』, 김영사, 2019

262쪽 모리스 마테를링크,『파랑새』, 김주경 옮김, 시공주니어, 2015

264쪽 정혜신,『당신이 옳다』, 해냄, 2018

265쪽 스콧 피츠제럴드,『위대한 개츠비』, 김욱동 옮김, 민음사, 2003

267쪽 베르너 바르텐스,『감정 폭력』, 손희주 옮김, 걷는나무, 2019

270쪽 박우현,「그때는 그때의 아름다움을 모른다」,『그때는 그때의 아름다움을 모른다』, 작은숲, 2014

274쪽 무라카미 하루키,『먼 북소리』, 윤성원 옮김, 문학사상사, 2019

278쪽 이기철,「언제 삶이 위기 아닌 적 있었던가」,『노래마다 눈물이 묻어있다』, 시인생각, 2013

283쪽 조르주 쇠라,「그랑드 자트 섬의 일요일 오후(Un dimanche après-midi à l'Île de la Grande Jatte)」, oil on canvas, 207×308, 1884~1886, 시카고 아트 인스티튜트

284쪽 무라카미 하루키,『기사단장 죽이기』, 홍은주 옮김, 문학동네,

2017

286쪽 찰스 디킨스, 『올리버 트위스트』, 유수아 옮김, 현대지성, 2020

290쪽 이어령, 『천년을 만드는 엄마』, 삼성출판사, 1999

292쪽 제롬 데이비드 샐린저, 『호밀밭의 파수꾼』, 이덕형 옮김, 문예출판사, 1998

296쪽 임성민, 『지식인의 옷장』, 웨일북, 2017

299쪽 어니스트 헤밍웨이, 『헤밍웨이의 말』, 권진아 옮김, 마음산책, 2017

302쪽 김수현, 『애쓰지 않고 편안하게』, 놀(다산북스), 2020

304쪽 레이먼드 카버, 『대성당』, 김연수 옮김, 문학동네, 2014

306쪽 이반지하, 『이웃집 퀴어 이반지하』, 문학동네, 2021

308쪽 헤르만 헤세, 「행복해진다는 것」

내 마음의 빛을 찾아주는 인생의 문장들

당신이 내 이름을 불러준 순간

초판 1쇄 발행 2021년 11월 24일
초판 2쇄 발행 2021년 11월 29일

지은이 전승환
펴낸이 김선식

경영총괄 김은영
책임편집 박혜원 **디자인** 황정민 **책임마케터** 최혜령
콘텐츠사업4팀장 김대한 **콘텐츠사업4팀** 황정민, 임소연, 박혜원, 옥다애
마케팅본부장 이주화 **마케팅1팀** 최혜령, 박지수, 오서영
미디어홍보본부장 정명찬 **홍보팀** 안지혜, 김민정, 이소영, 김은지, 박재연, 오수미, 이예주
뉴미디어팀 허지호, 임유나, 송희진, 홍수경 **리드카펫팀** 김선욱, 염아라, 김혜원, 이수인, 석찬미, 백지은
저작권팀 한승빈, 김재원 **편집관리팀** 조세현, 백설희
경영관리본부 하미선, 박상민, 김민아, 윤이경, 이소희, 김소영, 이우철, 김혜진, 김재경, 오지영, 최완규, 이지우

펴낸곳 다산북스 **출판등록** 2005년 12월 23일 제313-2005-00277호
주소 경기도 파주시 회동길 490 3층
전화 02-702-1724 **팩스** 02-703-2219 **이메일** dasanbooks@dasanbooks.com
홈페이지 www.dasanbooks.com **블로그** blog.naver.com/dasan_books
종이 (주)아이피피 **출력 및 제본** 갑우문화사 **후가공** 제이오엘앤피

ISBN 979-11-306-7811-5 (03810)

다산북스(DASANBOOKS)는 독자 여러분의 책에 관한 아이디어와 원고 투고를 기쁜 마음으로 기다리고 있습니다.
책 출간을 원하는 아이디어가 있으신 분은 다산북스 홈페이지 '투고원고'란으로 간단한 개요와 취지, 연락처 등을 보내주세요.
머뭇거리지 말고 문을 두드리세요.